Abbraccio Peccaminoso

Il Circolo Delle Canaglie
Libro 6

Lauren Smith

Traduzione di
Cecilia Metta

ISBN Ebook: 978-1-962760-46-1

ISBN: Print: 978-1-962760-47-8

Capitolo Uno

R egola *numero 11 del Circolo:*
Un uomo dovrebbe ricordarsi di tanto in tanto di essere un gentiluomo, anche se pensa di aver dimenticato come si fa.

E STRATTO DALLA Q UIZZING G LASS G AZETTE, 28 aprile 1821, rubrica Lady Society:

L ADY S OCIETY È MOLTO CURIOSA RIGUARDO A UN certo gentiluomo chiamato Lawrence Russell. Il fratello maggiore, il Marchese di Rochester, è davvero famigerato in quanto membro del Circolo delle Canaglie ma per quanto riguarda lo stesso signor Russell ... le voci abbondano.

Lady Society vorrebbe sapere se desidera sposarsi o se continuerà a comportarsi come suo fratello, resistendo ad ogni costo al matrimonio. Nel primo caso, Lady Society si impegnerà a trovargli una sposa adatta; nel secondo, Lady Society considera questo celibato come una sfida. Sarete anche un mascalzone, signor Russell ma Lady Society ritiene che possiate essere un buon marito. E ora con chi sposarvi?

ORA MI APPARTIENI.

Quelle *parole* sussurrate riecheggiarono nella testa di Zehra Darzi mentre si svegliava di soprassalto. In qualche modo nelle ultime ventiquattro ore era riuscita a dormire un po' nella sua prigione dorata. Quelle parole che la perseguitavano le facevano ancora pulsare la testa, mentre fu attraversata da una nuova ondata di paura. L'uomo che le aveva pronunciate aveva ucciso i suoi genitori e l'aveva rapita dal suo palazzo in Persia tre settimane prima.

Al-Zahrani. Quel nome era come un veleno amaro sulla sua lingua e combatteva l'impulso di vomitare. Aveva trascorso solo pochi giorni come sua prigioniera, ascoltandolo vantarsi della cattura e dei suoi piani per usarla come concubina, prima che lei avesse avuto la possibilità di fuggire.

Strinse le mani a pugno e trasalì quando le unghie le scavarono i palmi. I tagli, in parte guariti, bruciavano ancora da quando aveva scalato un albero dai rami bassi vicino alle mura di Al-Zahrani per liberarsi. Era stata così vicina alla libertà, l'aveva sentita a ogni passo, inciampando e correndo sulle dune del deserto.

Poi, dopo due giorni senza mangiare né bere, era crollata sulle dune, con le labbra secche e screpolate e gli occhi che le bruciavano. Aveva intravisto degli uomini all'orizzonte, a cavallo e in abiti scuri. All'inizio aveva pensato che fossero la sua salvezza, ma presto aveva capito che erano tutt'altro.

Schiavisti.

Ora era imprigionata in un bordello inglese a migliaia di chilometri da casa.

Lo sguardo di Zehra si spostò per la centesima volta nella stanza e desiderò che le donne che si erano occupate della sua cura, per quanto possibile, avessero portato una brocca d'acqua fresca. Aveva la gola secca e avrebbe fatto quasi di tutto per un sorso d'acqua. Fuori era buio e nessuno era andato da lei dalle prime ore del mattino, quando i negrieri l'avevano venduta alla *maitresse* che gestiva quel posto miserabile. Si leccò le labbra secche e si rifiutò di piangere.

Sei forte. Sei la figlia di uno scià e di una signora

inglese. Nessuno ti possiederà, qualunque cosa accada stasera.

Era il mantra che aveva ripetuto più volte mentre i negrieri si prendevano gioco di lei durante le lunghe giornate trascorse in mare. Non era stata l'unica donna che avevano catturato, ma era stata una delle poche di cui non avevano abusato. Il nome di suo padre aveva avuto un peso sufficiente a garantirle quella protezione, almeno per quanto riguardava l'avidità degli uomini.

Vendere una principessa persiana e ricavare un bel profitto. Riusciva ancora a sentire la voce sogghignante del capitano che le aveva arrotolato una ciocca di capelli intorno alle dita e le aveva schiacciato i seni con mani avide prima di gettarla in una camera minuscola, dove aveva trascorso le due settimane successive del viaggio.

Ora Zehra Darzi fissava la porta chiusa a chiave che la teneva intrappolata nella sua nuova prigione. Attraverso le pareti sottili della stanza sgargiante poteva percepire i suoni della passione, di uomini che grugnivano e donne che gemevano insieme ai suoni pesanti dei mobili che si muovevano ritmicamente. La bile le salì di nuovo in bocca. Cercò di non pensare a come quella stanza minuscola fosse così diversa dalle stanze colorate e aperte e dai giardini di rose che un tempo aveva chiamato casa.

Almeno sei sfuggita ad Al-Zahrani. Qui non può trovarti. Sperava che fosse vero. Durante la sua breve prigionia, lui si era vantato di praticare la schiavitù, come molti uomini potenti della zona, e una volta le aveva detto che i Paesi occidentali pagavano profumatamente le bellezze straniere. Le aveva assicurato che non l'avrebbe mai venduta, tuttavia, perché voleva il piacere di spezzarle lo spirito lui stesso.

Nessun uomo avrebbe *mai* spezzato il suo spirito.

Zehra fissò la maniglia della porta, desiderando che si sbloccasse magicamente, ma anche in quel caso sapeva che la fuga sarebbe stata impossibile. Quando era stata scortata in quella stanza, due uomini erano rimasti di guardia all'esterno, con dei volti inespressivi che incutevano timore. Dubitava che si fossero mossi da allora.

Per la decima volta da quando era stata gettata in quella stanza, si distese sul letto e cercò di calmare la paura che la attanagliava. Non poteva stare ferma mentre la sua vita e la sua libertà erano in bilico. Esaminò le opzioni. Aveva tentato la corruzione, ma la *maitresse* e il suo gruppo di prostitute avevano riso quando Zehra aveva promesso ricchezze che andavano oltre i loro sogni più sfrenati. Era stata informata freddamente che il suo unico valore era il denaro che avrebbe fruttato all'asta privata di quella sera. Quando Zehra aveva detto di essere per metà inglese e che aveva parenti nobili, avevano riso di nuovo, chiaramente incredule. La sua pelle era troppo olivastra, i suoi capelli neri corvini e i suoi lineamenti più esotici. Ai loro occhi non era una rosa inglese.

Sarò anche una donna ma combatterò prima di arrendermi alla disperazione.

La sua ultima speranza, se non impossibile, era trovare all'asta un gentiluomo che la ascoltasse e le credesse quando gli diceva di essere lì contro la sua volontà. Non poteva essere una schiava, perché la schiavitù era vietata in Inghilterra. Certo, la signora le aveva ricordato che anche gli inglesi tenevano i loro oscuri segreti, come gli schiavi, ma sicuramente quella sera ci sarebbe stato un uomo che avrebbe avuto pietà di lei e l'avrebbe liberata.

La maniglia della porta scattò mentre la serratura girava. Zehra si appoggiò alla spalliera del letto, scavando il legno con le dita. Sospirò sollevata quando entrò una donna con una parrucca bionda e riccia. Il rossore che le colorava le guance si intonava con il bel vestito rosso che indossava.

«La signora dice che stasera devi indossare questo. Ti aiuto io.» La donna adagiò l'abito sul letto e mise le mani sui fianchi. «Niente scherzi, mi raccomando. Le guardie sono fuori e ti prenderanno subito se cerchi di scappare.»

Zehra studiò il viso pallido della donna. La parrucca bionda e scarmigliata era tirata indietro in un'acconciatura disordinata e le sue braccia erano esili. Il corpo era snello, ma sembrava malata. Zehra era una donna forte e piena di vita. Sarebbe stato facile sopraffare quella donna ma non le guardie all'esterno.

«Ho *detto* niente scherzi» scattò la donna. «Vedo che stai fissando la porta. Fiorellino, sbrigati» Fece un cenno al vestito, che aveva gettato sul letto.

«Molto bene.» Zehra prese i bottoni sul davanti del vestito e cominciò a farli scivolare fuori dalle piccole asole. La donna attese che Zehra si fosse tolta il vestito da viaggio azzurro pallido prima di aiutarla a indossare l'abito da sera di raso rosso. L'abito le calzava abbastanza bene sulla figura formosa ma, nel momento in cui lo indossò, fu colta da un'ondata di nausea. Chiuse gli occhi, facendo respiri lenti e profondi finché la sensazione di nausea non passò.

«Va bene, vero?» La donna annuì a Zehra.

Zehra studiò il suo riflesso nello specchio nell'angolo vicino alla finestra chiusa a chiave. La seta rossa risaltava la tonalità olivastra della sua pelle ma il corpetto era scandalosamente scollato. Era cresciuta in una terra in cui le donne non si vestivano così e sapeva da sua madre che nemmeno le donne inglesi portavano scollature così basse.

«Quelle scarpe andranno bene.» La donna bionda fissò gli stivali neri di Zehra. «E i capelli... nessuno qui è in grado di acconciarli come fanno le belle signore.»

Sebbene Zehra avesse gli occhi azzurri e le labbra

carnose della madre, i tratti persiani e i capelli neri corvini li aveva ereditati dal padre. Giorni prima, mentre era ancora confinata nella cabina della nave, aveva acconciato i capelli con delle forcine e da allora non li aveva più toccati. Ora aggiustò frettolosamente le forcine.

«Va bene. Tra qualche ora non avrà importanza. Non quando sarai sulla schiena a darla a qualche bravo ragazzo. Probabilmente sarà quel tipo dalla pelle scura.» La donna stava blaterando e Zehra stava a malapena ascoltando finché non sentì le parole 'dalla pelle scura'.

Afferrò il braccio della donna. «Cosa? Quale uomo?»

La prostituta fece un cenno di disappunto e Zehra la lasciò andare. «Un uomo stava parlando di te alla signora. È più scuro di te. Ha scoperto che eri stata venduta qui e ha cercato di comprarti subito. Ha detto che gli appartenevi.»

Le parole di Al-Zahrani squarciarono quel velo sottile di speranza a cui Zehra si era aggrappata. *Tu mi appartieni.*

«Che cosa ha detto, esattamente? Ha detto il suo nome?»

«Nome? Non l'ho mai sentito. Qualcosa di straniero, divertente.» La donna si sistemò la veste ma il tessuto stropicciato non si lisciava. «È già venuto prima, quello. Vende sempre ragazze come te. Di solito, però, non compra. Era proprio arrabbiato perché qualcun altro ti aveva venduta a noi. La signora gli ha risposto che doveva fare un'offerta all'asta come tutti gli altri.»

No... oh, cielo, no. Era Al-Zahrani. Doveva essere così. Uno strano sapore di ruggine le riempì la bocca e il sudore le ricoprì i palmi delle mani. L'avrebbe comprata quella sera. Avrebbe pagato qualsiasi cifra per lei. E poi...

«Bene, vieni con me.» La donna si avviò verso la porta e Zehra la seguì, accarezzando il piccolo medaglione d'oro che portava al collo. Era l'unica cosa di valore che le era rimasta e conteneva i ritratti dei suoi genitori. Al-Zahrani non aveva visto alcun vantaggio nel sottrarglielo quando l'aveva rapita e i negrieri sulla nave non sapevano che l'aveva nascosto tra le sue gonne. L'oro era caldo sulla sua pelle e lei tracciò gli intricati motivi floreali, desiderando più di ogni altra cosa che i suoi genitori fossero ancora vivi, che lei stesse ancora dormendo nel suo letto, facendo un incubo terribile.

Il bordello era decorato con carta da parati di raso rosso. Delle applique dorate illuminavano la sala mentre la prostituta conduceva Zehra fino a una porta in fondo al corridoio. Tre servitori alti e muscolosi stavano dietro di lei, impedendole ogni possibilità di fuga. Zehra strinse le mani nelle pieghe delle gonne per non farle tremare. La porta si aprì e una marea di suoni la investì. Gli uomini ridevano e parlavano all'interno della stanza buia. C'era un piccolo palco con una sedia. Da qualche parte nell'oscurità, probabilmente Al-Zahrani stava aspettando, come un lupo che si prepara a balzare sulla sua preda.

La donna dai capelli biondi la spinse verso il palco. «Vai a sederti.» Zehra tenne la testa bassa, anche se non poteva scorgere nessuno degli uomini a causa della scarsa illuminazione.

«Bene, iniziamo l'asta di stasera con una sorpresa, signori» annunciò un inglese prima di ridacchiare. «Rifatevi gli occhi con questa principessa persiana. Quali piaceri potrebbe conoscere questa bellezza vergine nel vostro letto? Le offerte partono da cinquecento sterline.»

Il cuore della giovane batteva forte mentre gli uomini cominciavano a fare offerte. Le cifre aumentavano sempre di più. Gli odori pesanti del tabacco e degli alcolici fluttuavano nell'aria, riempiendole il naso di un fetore che non riusciva a sopportare. Scorgeva le ombre degli uomini appena dietro la portata del bagliore del lampadario. Si aggiravano ai margini della sua visuale come creature nate dalle ombre. Risate sguaiate riecheggiavano nella stanza, fornendo una sinfonia macabra ai suoni del bordello. Si concentrò sulle offerte, cercando di combattere il panico e recitando i numeri nella sua testa più e più volte.

«Duemila sterline!» La voce di Al-Zahrani attraversò la stanza. Non poteva essersi sbagliata. Zehra non si mosse, non indietreggiò, anche se una parte di lei si era trasformata in ghiaccio.

Per favore, che qualcuno faccia un'offerta più alta. Il diavolo in persona sarebbe preferibile.

«Duemila?» Qualcuno ridacchiò. «Cielo, questa bellezza vale molto di più! Settemila!»

Zehra stava quasi per sollevare lo sguardo, chiedendosi chi potesse spendere tanto per essere il suo padrone, ma non lo fece. Fissava solo l'oscurità e non vedeva nulla. Al-Zahrani avrebbe fatto un'offerta contro quest'altro uomo?

Vi prego, lasciate che questo diavolo vinca, chiunque sia. Preferisco che sia lui il mio padrone.

La sala si zittì quando l'uomo che aveva offerto settemila sterline si mise a ridere. «Nessuno ha avuto il coraggio di fare un'offerta più alta, eh?» Quella voce, come un fuoco caldo in inverno, le fece arrossire la pelle.

Il banditore si avvicinò al palco. «Altre offerte? Settemila e uno...» Fece una pausa che sembrò un'eternità. «Settemila e due...»

Zehra non riusciva a respirare. «*Venduta* al gentile offerente per settemila sterline. Dopo aver pagato la vostra signora, potrete portarla con voi.»

Zehra sollevò finalmente lo sguardo, scrutando disperatamente l'oscurità circostante ma vide solo delle forme sfocate.

«Da questa parte.» Il banditore le afferrò crudelmente il braccio e la trascinò via dal palco, ignorando che stava gridando. Zehra inciampò.

«Smettila!» tuonò l'uomo che le stava accanto, mentre una mano, ferma ma gentile, le afferrava l'altro braccio, cercando di fermarla.

«Se le fai ancora del male, ti faccio a pezzi, hai capito? Non voglio che la mia proprietà venga danneggiata.»

«Certo.» Il banditore allentò frettolosamente la presa. Zehra sapeva che il giorno dopo avrebbe avuto dei lividi.

«State bene, mia cara?» le chiese l'uomo. La giovane strizzò gli occhi nell'oscurità, adattandosi lentamente. Scorse un uomo alto e affascinante, con i capelli rossi. Aveva pregato perché un diavolo la salvasse, e l'aveva trovato. Si guardò intorno, temendo di scorgere Al-Zahrani in attesa di portarla via.

«Sì... io...» Zehra deglutì, incerta su cos'altro dire.

«Bene. Aspettatemi. Non ci metterò molto. Prometto di non permettere a nessuno di farvi del male.» L'uomo si voltò e sparì tra la folla.

Quello sconosciuto non avrebbe permesso a nessuno di farle del male? La giovane avvertì dentro di sé un'ondata di speranza così forte che quasi sorrise. Quel bellissimo straniero provava pietà. Poteva essere lui a liberarla e allora avrebbe potuto trovare la famiglia di sua madre.

«Vieni, da questa parte» le disse il banditore e le

afferrò di nuovo il braccio, anche se in modo meno brusco di prima, e la scortò fino in camera. Zehra sentì a malapena i brontolii dell'uomo: tutto ciò cui riusciva a pensare era che forse quella notte non sarebbe stata così terribile come aveva temuto. Se solo fosse riuscita a convincere l'uomo che l'aveva comprata ad aiutarla, sarebbe sopravvissuta.

«Verrà a prenderti quando avrà pagato.» L'uomo ridacchiò. «Ammesso che abbia tutti quei soldi. Nessun gentiluomo ha mai pagato tanto per una bella ragazza come te. Spero che ne valga la pena, perché la signora non restituirà i soldi a nessuno.» Il banditore si alzò sommessamente, il suono le fischiò nelle orecchie mentre le chiudeva la porta della camera in faccia.

Zehra deglutì a fatica. Il rumore della serratura che veniva chiusa la riempì ancora di terrore ma si aggrappò alla speranza che le aveva dato il suo salvatore. Zehra premette la fronte contro il legno, riprendendo fiato e cercando di non piangere. Era spaventata e speranzosa e così esausta, ma forse quella notte sarebbe andato tutto bene.

Per favore... Che sia un uomo misericordioso e mi salvi da Al-Zahrani.

LAWRENCE RUSSELL DISPREZZAVA LA *WHITE HOUSE* di Soho. Era uno dei bordelli meno rispettabili di Londra e aveva un lato oscuro che faceva rabbrividire anche una canaglia esperta come lui. I suoi gusti si orientavano piuttosto verso il *Midnight Garden*, che si rivolgeva meno agli amanti del piacere a pagamento e più all'incontro tra signore e signori aristocratici con esigenze simili.

Quando seduco una donna, è per desiderio reciproco, non a seguito di una transazione monetaria.

Nessuna amante che aveva avuto aveva preteso abiti eleganti o gioielli: lo avevano solo pregato di non lasciare mai i loro letti. Lui era stato ben felice di accontentarle finché aveva potuto.

Fissò la folla nella sala da gioco poco illuminata. I tavoli erano stati spostati di una decina di metri per fare spazio a un piccolo palco, abbastanza grande da ospitare una persona sulla sedia che era stata posta al centro. La stanza era piena di uomini, il cui fumo si sprigionava pigramente dai sigari accesi mentre parlavano e bevevano. Riconobbe molti volti. Fortunatamente, nessuno di quelli che considerava amici intimi. L'asta di quella sera e la sola idea di parteciparvi gli facevano venire il voltastomaco.

Non sarebbe stato lì se non fosse stato per la lettera ricevuta dal fratello minore, Avery, che gli diceva di andare a prendere nota degli uomini che avrebbero acquistato la merce dell'asta privata di quella sera.

Ma Lawrence non aveva capito che la merce era costituita da *schiavi*. Aveva sperato che si trattasse di qualche altra attività disdicevole che stava aiutando a fermare, ma la schiavitù? Non una schiavitù qualsiasi ma legata alla prostituzione.

La schiavitù era stata bandita in Inghilterra, almeno pubblicamente. Eppure lì, quella sera, delle donne sarebbero state vendute al miglior offerente come i cavalli a Tattersall, e senza dubbio sarebbero state trattate meno gentilmente. Gli ribolliva il sangue al solo pensiero che quelle donne avrebbero dovuto affrontare un simile destino. *Adorava* le donne. Erano creature adorabili e delicate che meritavano amanti gentili, giocosi e gratificanti a letto. Non quell'ingiustizia.

Dal momento in cui aveva sentito i sussurri degli altri uomini presenti in quella stanza, il suo cuore aveva cominciato a riempirsi di terrore. Avery sarebbe dovuto arrivare subito dopo l'asta per fermare gli uomini che avevano acquistato quelle donne e farli arrestare.

Ma se fosse arrivato troppo tardi? E se alcuni degli uomini fossero riusciti ad andarsene prima della conclusione dell'asta e le donne non fossero state salvate? Un centinaio di nuove paure gli affollarono la mente, cercando di concentrarsi e di rimanere calmo. Doveva catalogare tutti gli uomini presenti che avevano fatto offerte, non solo quelli che avevano acquistato una schiava.

Uno degli uomini che gestivano il luogo si avvicinò al palco e sistemò la piccola ma elegante sedia sul palco. Tra la folla calò il silenzio e nell'aria iniziò ad aleggiare una tensione tale che Lawrence fu sul punto di soffocare.

«Inizieremo tra poco, signori. Vi prego di avere pazienza.» Si sollevò un brusio. Aveva ancora tempo prima dell'inizio dell'asta. Lawrence si appoggiò al muro, vicino alla porta più vicina per uscire rapidamente. Voleva andarsene nel momento in cui fosse finita quella scena terribile.

La porta accanto a lui si aprì scricchiolando e una donna dai capelli biondi e sporchi condusse nella sala una giovane vestita di rosso. Gli passarono accanto mentre si avvicinavano al palco. Il raso fruscì contro i suoi stivali quando la seconda donna gli passò accanto. Un sentore di acqua di rose gli stuzzicò il naso. La guardò avanzare verso il palco, seguendone i movimenti, odiando che quella donna dovesse affrontare quel destino. Era abbastanza da far star male qualsiasi uomo rispettabile.

Lawrence respirò a pieni polmoni mentre la luce inondava la donna che si avvicinava al piccolo palco. Gli uomini la guardarono e molti fecero proposte crudeli su ciò che avrebbero voluto farle. Lawrence si avvicinò alla giovane e al palco come in un sogno. I capelli nero corvino e la pelle olivastra della giovane erano stupendi, anche sotto il bagliore dell'unico lampadario sopra la sua testa. Il vestito di raso rosso che indossava le fasciava ogni curva, lasciando poco all'immaginazione. Invece di sembrare scadente, la donna sembrava irresistibile.

Gli uomini intorno a lui sussurravano, fissando affamati l'oggetto per il quale presto avrebbero fatto un'offerta. Lawrence combatté l'impulso di correre verso la giovane, di afferrarla e di fuggire dopo aver spinto tutti gli uomini nella stanza giù da un precipizio molto alto.

Mentre la donna sollevava le gonne per salire sul palco, Lawrence intravide gli stivali che le coprivano le caviglie sottili. Il suo corpo si animò e si vergognò della propria eccitazione.

Non guardarla, guarda gli uomini. Devi ricordarti di loro.

Cominciò a distogliere l'attenzione dalla donna ma poi vide il suo volto. Il cuore gli si fermò nel petto. Era come se tutto ciò che lo circondava si fosse congelato, bloccato tra un respiro e l'altro mentre il suo sguardo si fissava sul volto della giovane. C'era qualcosa nei suoi tratti femminili ed esotici che lo attirava. Aveva zigomi alti e leggermente addolciti, una bocca sensuale, sopracciglia alate e occhi di un blu sconvolgente, così luminosi da brillare come zaffiri alla luce che le illuminava il viso.

Qualcosa si agitò nel profondo della mente di

Lawrence come i frammenti di un sogno a lungo dimenticato, o forse i fili di un arazzo parzialmente sciolto. Era possibile riconoscere qualcuno che non si era mai incontrato? La sensazione strana non si placava e questo lo lasciava perplesso. Non l'aveva mai incontrata, ne era sicuro, ma perché allora gli sembrava di averla conosciuta? O non l'aveva *fatto*...

Dannazione, non riusciva a dare un senso a ciò che la sua mente e la sua memoria cercavano di dirgli.

Uno degli addetti del locale si avvicinò al palco. «Stasera inizieremo l'asta con una chicca, signori.» Quelle parole e la bellezza sul palco catturarono l'attenzione di ogni uomo.

«Rifatevi gli occhi con questa principessa persiana. Quali piaceri potrebbe conoscere questa bellezza vergine nel vostro letto? Le offerte partono da cinquecento sterline.»

Lawrence deglutì a fatica mentre gli uomini intorno a lui cominciavano a fare offerte.

Non devi interferire. Non deviare.

Era tutto troppo familiare. Si rese conto che non stava riconoscendo la donna ma i sentimenti che circondavano quella farsa. La paura, il panico, la propria impotenza a fare qualcosa per fermarla. Era stato troppo giovane allora, ed era arrivato troppo tardi per salvare una donna che aveva bisogno dell'aiuto di qualcuno. L'aiuto di chiunque. *Il suo* aiuto.

Non permetterò che accada di nuovo.

Fissò il palco, osservando il volto pallido e stoico della giovane mentre ascoltava i suoni degli uomini che l'avrebbero reclamata. Le mani, che stringevano le gonne, tremavano leggermente. Doveva essere terrorizzata ma lo nascondeva bene. Lawrence non poteva fare a meno di ammirarla. In quel momento prese una decisione.

Non posso lasciarla a questi lupi. Non permetterò che il passato si ripeta.

Doveva agire. Al diavolo gli avvertimenti di suo fratello di limitarsi a guardare e osservare. Lawrence lanciò un'occhiata alla donna, costringendosi a nascondere l'ansia e a diventare la canaglia scandalosa e rilassata che il resto del mondo conosceva. Doveva recitare la parte in modo convincente, altrimenti avrebbe rischiato di perderla.

Resisti, tesoro. Ti salverò.

Capitolo Due

Lawrence non voleva partecipare a quella terribile asta di schiavi. Ma se la giovane fosse andata a casa con uno di quegli uomini, l'avrebbe costretta a fare cose che non voleva, e lui non poteva sopportare quel pensiero.

Quando aveva solo diciassette anni, non ancora un vero uomo, si era avventurato in un bordello come quello. Si era ritenuto un ragazzo virile e pieno di diritti, desideroso di vedersi dare piacere per quanto il suo portamonete gli avrebbe permesso. La sua mente si era riempita di immagini di cameriere impazienti che gli davano da mangiare bacche in un salotto, che si sotto-mettevano volentieri alle sue richieste e che partecipa-vano a una notte che nessuno avrebbe dimenticato.

Invece, aveva osservato donne che vendevano il

proprio corpo per sopravvivere. Non era stato difficile scorgere la disperazione nelle esibizioni di chi non voleva essere lì, o il vuoto di chi si era arresa e non conosceva altra vita. La cosa peggiore erano gli uomini che le trattavano non meglio del bestiame.

Quella sera aveva visto una donna, annunciata audacemente dallo sparuto proprietario come lavoratrice della sua prima notte, trascinata via da un bruto che aveva pagato per essere il primo ad averla. La giovane lo aveva pregato di non farlo, dicendo che era lì contro la sua volontà, ma lui l'aveva colpita in faccia prima di uscire dalla stanza. Aveva sentito gli uomini ridere. Era rimasto impietrito, incapace di intervenire, troppo giovane e spaventato. Da allora, quel fatto lo aveva perseguitato ogni momento.

Era scappato da quel posto, disgustato da tutto ciò che rappresentava e non aveva mai raccontato ad anima viva di quella sua vergogna segreta. Solo quando era venuto a conoscenza del *Midnight Garden* e delle sue cortigiane aveva scoperto l'esistenza di locali migliori, ma quell'esperienza aveva inaridito per sempre il suo gusto per la compagnia a pagamento.

«Duemila sterline!» esclamò un uomo vicino al palco. Quell'offerta audace riportò Lawrence alla realtà. Si avvicinò per vedere meglio l'uomo. Con i capelli scuri, la pelle olivastra e un accento marcato, non era certo originario dell'Inghilterra. L'uomo fissava avidamente la giovane e Lawrence rabbrividì. L'accenno di crudeltà che aleggiava sul suo sorriso freddo gli fece gelare il sangue, riportandolo a quella notte nel bordello di tanto tempo prima. Non poteva permettere a quell'uomo di averla. Non lo avrebbe fatto.

Lawrence si fece avanti e fece una risatina. «Duemila? Cielo, questa bellezza vale molto di più! Settemila!»

Si allontanò dalla parete a cui si era appoggiato e si avvicinò al palco, costringendo molti altri ad allontanarsi. Lawrence doveva fare una dichiarazione al resto della sala o affrontare una guerra di offerte che avrebbe potuto non vincere.

Sulla folla calò un silenzio ma Lawrence si concentrò solo sulla donna seduta sul palco. Doveva essere lui a portarla a casa e a liberarla.

«Nessuno ha il coraggio di fare un'offerta più alta, eh?» disse, con la massima sicurezza possibile. Nessuno rispose, nemmeno un mormorio. Avrebbe potuto far cadere una piuma e il suono si sarebbe diffuso nella stanza come un colpo di cannone.

«Altre offerte?» chiese il banditore alla sala. «Settemila dollari e uno...» Le mani di Lawrence si arricciarono a pugno. «E due...»

La donna sul palco non respirava, il suo volto era scolpito nella pietra. *Deve essere terrorizzata. Resisti, tesoro. Ancora pochi secondi.*

Il volto del banditore si illuminò di avidità, indicando Lawrence. «*Venduta* al gentile offerente per settemila sterline. Una volta pagata la vostra signora, potrete portarla con voi.»

La donna alzò lo sguardo, cercandolo, e Lawrence si avvicinò, desiderando di poterla vedere in volto. Il banditore le afferrò il braccio e la trascinò giù dal palco. Lawrence la vide inciampare, un lampo di paura in quegli occhi stupendi, e reagì all'istante.

«Smettila!» urlò il giovane, afferrando delicatamente l'altro braccio della giovane. Lanciò un'occhiata al banditore. «Se le farai ancora del male, ti faccio a pezzi, hai capito? Non voglio che la mia proprietà venga danneggiata.»

«Naturalmente.» Il volto del banditore divenne cinereo, e giustamente. Il sangue di Lawrence ribolliva per la rabbia.

Lawrence rivolse l'attenzione sulla giovane per calmarsi. «State bene, mia cara?»

Lei alzò gli occhi e il giovane si rese conto che le luci forti che sovrastavano il palco probabilmente le avevano reso difficile vedere.

«Sì... io...» La voce della donna era setosa ma ogni parola vibrava di paura.

«Bene. Aspettatemi. Non ci metterò molto. Prometto di non permettere a nessuno di farvi del male.»

Riluttante, le lasciò il braccio e si diresse verso il fondo della stanza, dove un'altra porta conduceva all'ufficio della *maitresse*. Una donna grassottella era seduta alla scrivania e scriveva nomi e numeri su un registro. Lo guardò appena quando lui entrò. «Sono venuto a pagare la mia...» si strozzò con la parola successiva «merce.»

«Oh?» La donna finalmente sollevò lo sguardo. I suoi occhi scuri si fissarono su di lui, osservando i suoi bei vestiti come se stesse valutando la sua capacità di pagare.

«Sì, ecco.» Lawrence pagò una somma cospicua, sapendo di avere le carte in regola per farlo. Come secondogenito di un marchese, aveva imparato ben presto l'importanza degli investimenti. Non aveva alcun desiderio di elemosinare denaro a Lucien, suo fratello maggiore. Lucien gli avrebbe dato tutto ciò che chiedeva, ma Lawrence aveva il suo orgoglio.

«Grazie.» La signora raccolse le banconote e lo salutò con un cenno della mano. Era ovvio che non meritava più attenzione di quanta ne richiedesse l'elaborazione del suo acquisto. La *White House* era molto diversa dal *Midnight Garden*: non c'era l'abbraccio caloroso di Madame Chanson quando accoglieva gli ospiti. Lei gestiva la sua casa interamente su referenze e assumeva solo signore e signori che fossero professionisti, non alla ricerca disperata di denaro. Erano vere e proprie *cortigiane oneste*, esperte in molto più che in questioni di carne. L'élite londinese sceglieva il *Midnight Garden* quando voleva dei piaceri puliti e privi di quelle che Lawrence chiamava 'acque sporche'. Non si riferiva alle signore, ma agli uomini che frequentavano quei locali e alle malattie che spesso vi diffondevano.

Lawrence uscì dall'ufficio della *maitresse* e individuò la bionda dai capelli sporchi che aveva accompagnato la giovane sul palco.

«Scusate, signorina. Potreste accompagnarmi nella stanza della giovane che ho...» inghiottì di nuovo la parola sgradevole.

«Comprato?» suggerì la donna con un sorriso complice. Lawrence aggrottò le sopracciglia, ma annuì.

«Da questa parte, tesoro. È una *vera* bellezza, quella. Ma tenete coltelli e pistole fuori dalla portata, se capite cosa intendo. Ha il fuoco negli occhi. Probabilmente cercherà di tagliarvi la gola non appena vi addormenterete.»

Lawrence si avvicinò inconsciamente alla porta in fondo al corridoio e si sistemò il cravattino. La donna infilò una vecchia chiave d'ottone nella serratura, la girò fino a farla scattare e poi indietreggiò, permettendogli di entrare. Il giovane si chiuse la porta alle spalle e vide Zehra sul lato opposto della stanza.

La giovane aveva messo il letto tra loro. Le sue mani erano leggermente sollevate, come se volesse colpire per autodifesa da un momento all'altro. Lui era combattuto tra la delusione per quella paura e l'ammirazione per quel coraggio. *Una donna che lotta per sé stessa è una donna da rispettare.*

Lawrence sollevò i palmi delle mani. «State tranquilla, mia cara. Non vi farò del male. Non avevo nemmeno intenzione di...» Lei lo fissò, i suoi occhi azzurri lo colpirono così tanto che lui perse il filo del discorso. Si riprese. «Come vi chiamate?» le chiese.

La donna rimase in silenzio per un lungo istante. «Zehra Darzi.»

«Signorina Darzi, sono Lawrence Russell.» Le si avvicinò e lei indietreggiò come un puledro timoroso, ma i suoi occhi promettevano pericolo se lui avesse continuato.

«Come ho detto, non ho alcun desiderio di farvi del male.»

«Così dite.» Zehra parlava bene l'inglese, ma aveva anche un accento che Lawrence non riusciva a decifrare. Quel tocco straniero rendeva incantevole e misteriosa la voce della giovane.

«State tranquilla, la mia parola è il mio vincolo. Vi ho comprata per salvarvi dagli altri uomini. Non mi approfitterò di voi. Né ora né mai.»

Zehra sollevò un sopracciglio scuro. «Un uomo dal sangue caldo e dal viso angelico *non* vuole portarmi a letto? Non so se credervi. Gli uomini belli come voi desiderano *sempre* portarsi a letto le donne.»

Lawrence non riuscì a trattenersi dal sorridere. «Pensate che io sia bello?» Sapeva di essere attraente per il gentil sesso, ma sentirlo dire da quella donna gli sembrò qualcosa di più di una semplice lusinga.

«Sapete di esserlo, signor Russell.»

Lawrence inclinò la testa, studiandola. «*Con i capelli scuri come le ali di un corvo e gli occhi come pietre di luna levigate, mi trasporta in sogni di nebbie mattutine.*» Citò una vecchia poesia, che ricordava a malapena, tranne che per quell'unico verso.

«*The Raven Lass?*» gli chiese la giovane. «William Helms. Una poesia oscura, non è vero?»

«Infatti» rispose Lawrence, stupito che Zehra la conoscesse. «È una delle poesie preferite da mia madre. Me la recitava spesso da ragazzo, ma che io sia dannato se riesco a ricordarne altre.»

«Anche mia madre mi ha insegnato questa poesia» mormorò Zehra, i suoi incantevoli occhi blu si scurirono, fissandolo.

«Oh? Che cosa curiosa. Io...»

Qualsiasi cosa Lawrence avesse in mente di dire fu interrotta dal rumore di un trambusto all'esterno. Aprì la porta e vide diverse prostitute fuggire lungo il corridoio. Una di loro era la bionda che lo aveva accompagnato lì. Le afferrò il braccio mentre passava di corsa.

«Che succede?»

«I Bow Street Runners[1]! Stanno facendo irruzione in casa. Fareste meglio ad andarvene subito. Rimanderanno la vostra donna sulla barca se la trovano qui.» La donna si liberò dalla presa e fuggì lungo il corridoio.

«Era ora!» mormorò Lawrence. La polizia li avrebbe trovati e lui avrebbe potuto riportare Zehra a casa sua... o almeno l'avrebbe accompagnata a una nave che l'avrebbe portata lì.

«*Per favore*» disse Zehra. Quando Lawrence si voltò, la mano della giovane gli afferrò il braccio, con una presa sorprendentemente forte. «Vi prego, non permettete che mi rimandino indietro. Tornerò a casa con voi.» Il suo sguardo implorante era quasi impossibile da negare.

«Ma sarete al sicuro e...»

La giovane scosse la testa. «No, non sarò al sicuro. Devo restare qui. Con voi.»

Sentirono altre grida da fuori la porta. Lawrence aveva solo pochi secondi per decidere cosa fare.

«Non sarete al sicuro tornando indietro?»

Zehra scosse la testa, ma non spiegò.

«Volete davvero restare con me?»

«Sì, se siete un uomo di parola.» Gli strinse di nuovo il palmo della mano e lui la ricambiò.

---

1. Il Bow Street Runners è stato il primo corpo di polizia della città di Londra

«Molto bene, siate rapida e silenziosa. Dobbiamo superare gli uomini. Se riusciamo a raggiungere la strada, forse riuscirò a farvi uscire senza essere scoperti.»

Lawrence le prese la mano, assaporando la pelle calda contro la sua, mentre si precipitavano lungo il corridoio, nella stessa direzione in cui si era diretto lo stormo di gonnelle. Le porte di molte stanze erano aperte e gli uomini si affrettavano a rivestirsi. Alcuni si stavano arrampicando sulle finestre.

Lawrence trovò una porta che portava ai giardini sul retro. «Da questa parte.»

«Siete sicuro?» gli chiese Zehra.

«Sì.» Almeno lo sperava. Da quando era abbastanza grande da sedurre le signore, aveva dovuto fuggire da molte case passando per i giardini. Non era la prima volta che scalava una siepe o lottava tra rosai e rododendri. I due si addentrarono nel labirinto oscuro di cespugli finché non trovarono la strada per entrare nel vicolo tra la *White House* e l'edificio adiacente.

«Aspettate qui mentre trovo una carrozza.» Lawrence la spinse nell'ombra e Zehra si appiattì contro il muro. Per un attimo i loro occhi si incrociarono e Lawrence poté scorgere lo sguardo combattuto della giovane.

«Non dovreste sbrigarvi?» gli chiese in un sussurro tremante.

«Bene» borbottò Lawrence, prima di precipitarsi nel vicolo verso la strada.

Zehra trattenne il fiato, aspettando nell'ombra. I cespugli intorno a lei frusciavano mentre ascoltava, combattendo l'impulso di fuggire. Poi sentì la *sua* voce.

«L'impertinenza. *L'arroganza*. Non resterà impunita. La troverò. L'uomo che l'ha comprata avrà firmato il registro con il suo nome. Verremo domani, scoprirò chi è e quando lo troverò...» La voce si abbassò fino a diventare un ringhio sommesso. «Gli taglierò la gola e riprenderò ciò che è mio.»

«Sì, signore» rispose un altro uomo, con un rozzo accento inglese. «Ma non sarebbe pericoloso? Tagliare la gola a un uomo? Potreste essere catturato e impiccato.»

La voce di Al-Zahrani si diffuse tra i cespugli e Zehra chiuse gli occhi, combattendo l'impulso di iniziare a correre.

«Ucciderò chiunque si metta sulla mia strada, hai capito? Ha una famiglia, qui. Non c'è dubbio che alla fine andrà da loro. Fate in modo che gli uomini sorveglino la loro casa, notte e giorno. Segnalate qualsiasi cosa insolita. Quando la troverò, la prenderò con ogni mezzo necessario.»

No... Gli occhi di Zehra cominciarono a lacrimare. Al-Zahrani avrebbe ucciso uomini e donne innocenti per arrivare a lei, alla sua stessa famiglia. Una famiglia che forse non sapeva nemmeno della sua esistenza. Zehra si strinse ancora di più tra i cespugli alti, desiderando di scomparire.

Non lasciare che mi trovi, ti prego. Implorò il cielo di concederle questo favore, se non altro.

Al-Zahrani e il suo uomo si allontanarono, ma lei non osò muoversi. Pregò che Lawrence tornasse presto.

Lawrence si fermò di colpo quando raggiunse il marciapiede. Alcuni Bow Street Runners erano ancora sui gradini della *White House*.

«Dannazione!» Aspettò, osservando gli uomini per quella che gli sembrò un'eternità prima che si unissero agli altri all'interno del bordello.

«Era ora.» Camminò alacremente lungo la strada, cercando di non dare nell'occhio, cosa difficile a mezzanotte. Trovò una carrozza e fece cenno al cocchiere di raggiungerlo. Poi si infilò di nuovo nel vicolo per trovare Zehra che lo stava aspettando proprio dove l'aveva lasciata. Quando si avvicinò abbastanza da prenderle la mano, notò che stava tremando.

«Starete congelando.» Lawrence si tolse il cappotto

e glielo fece scivolare sulle spalle prima che lei potesse protestare. «Da questa parte. Ho trovato una carrozza. Dobbiamo muoverci in fretta se vogliamo salire senza essere visti.» Le circondò la vita con un braccio e la condusse alla carrozza. Prima di salire, le afferrò il mento e lo avvicinò al suo. «Capite, non siete obbligata a venire con me. Siete libera di andarvene. Avete degli amici qui? Qualcuno che possa ospitarvi? Sarei felice di accompagnarvi ovunque voi vogliate andare.»

Zehra gli tese la mano e quel gesto gli fece ribollire il sangue. «Mio signore, *voglio* venire con voi. Dovete credermi: è molto più sicuro così.»

Lawrence non avrebbe dovuto sentirsi così attaccato a lei. Non in quel modo. Eppure quelle parole lo commossero. «Molto bene. Svelta, salite.» La aiutò a salire sulla carrozza e diede l'indirizzo al cocchiere, che iniziò a sferragliare lungo la strada. Lawrence tirò un sospiro di sollievo quando Zehra gli si sedette accanto. Senza pensarci, le avvolse un braccio intorno alle spalle e la strinse a sé. La giovane si irrigidì un attimo, ma poi si rilassò e lui si godette la sensazione di averla così vicina. Le labbra di Zehra si schiusero e le sue mani strinsero le gonne, chinandosi verso il finestrino e scrutando attraverso le tende. I suoi occhi erano fissi sulla strada.

«È così diverso qui» mormorò la giovane.

«Diverso?» chiese Lawrence, curioso.

«Sì.» Zehra indicò le strade illuminate dalla luna e,

nonostante il rossore, c'era un fuoco e una fermezza nella sua voce e nel suo sguardo mentre parlava.

«Vi prego, spiegatemi cosa volevate dire.» Lawrence voleva che lei parlasse. Quella sua voce morbida era paradisiaca e avrebbe potuto ascoltarla parlare per ore. Di solito gli piaceva sentire le donne sospirare o gemere il suo nome, ma da Zehra voleva una conversazione. Sentiva che qualsiasi cosa lei dicesse, avrebbe avuto un significato.

«Qui è così freddo e rigido. La mia casa era calda e colorata.»

«Dov'è la vostra casa?» le chiese, temendo che lei non rispondesse.

«In Persia» rispose Zehra, dolcemente.

Lawrence sbatté le palpebre. «Aspettate, il banditore non stava mentendo? Venite veramente dalla Persia?» Zehra annuì e lui sorrise. «Questo significa anche che siete una principessa?»

«Forse» rispose la giovane, con un lieve scintillio negli occhi.

Sembrava così spaventata, così esitante ma Lawrence lo capiva. Era una donna coraggiosa che rischiava una vita da schiava se non poteva fidarsi di lui. Stava per chiederle perché volesse restare lì con lui, ma la carrozza si fermò e il cocchiere annunciò l'indirizzo. Lawrence si mosse per scendere per primo e si divertì a sollevarla dalla carrozza. Non c'era niente di più bello che tenerla stretta tra le braccia e odiava doverla posare a terra e lasciarla andare.

Dopo aver dato un'occhiata furtiva intorno, Lawrence vide che la strada era vuota, così si affrettarono a salire i gradini fino alla porta. Il maggiordomo, il signor MacTavish, lo stava aspettando. Il vecchio e robusto scozzese sgranò gli occhi vedendo Zehra, ma non fece domande sulla sua presenza. Lawrence aveva avuto un discreto numero di amanti negli ultimi anni, il che significava che una signora dopo la mezzanotte non era del tutto inaspettata. Di solito non si fermavano più di una notte, quindi probabilmente MacTavish sarebbe rimasto sorpreso se Zehra si fosse fermata più a lungo.

«MacTavish, lei è la signorina Zehra Darzi, ed è una mia stimata ospite. Vi prego di farle preparare una camera.»

Il vecchio scozzese sbatté le palpebre in preda a una confusione momentanea. «Non starà nella vostra stanza?» chiese l'uomo, con un tono cortese e attento.

«No. La signorina Darzi avrà le sue stanze. Vi indicherà le sue esigenze per quanto riguarda i pasti e tutto il resto.»

Lawrence si fermò alla base delle scale, con Zehra al suo fianco. «Non avete una cameriera... Mi sono accorto solo ora che non avete nulla. Che sciocco che sono.»

Zehra scosse la testa. «Naturalmente a casa avevo una cameriera, ma è stata...» Le parole si interruppero.

Sembrò valutare attentamente cosa aggiungere. «Non è più con me.»

Intervenne MacTavish. «Ehm... Domattina devo informarmi per procurare una cameriera alla signora?»

Lawrence rispose: «Sì» mentre Zehra disse: «No.»

«Avrete bisogno di una cameriera mentre rimarrete qui» spiegò Lawrence. «Non posso chiedere alle mie cameriere del piano di sopra di sottrarre tempo ai loro compiti per assistervi. Preferirei di gran lunga che ci fosse una cameriera pronta a occuparsi di ogni vostra esigenza, per non parlare dei vostri cambi d'abito.»

Le guance di Zehra si arrossarono e la giovane distolse lo sguardo. «Ho solo questo abito. Non ci sarà bisogno di una cameriera.»

Lawrence la guardò sbigottito. «Zehra, mi avete ferito.» Stava scherzando, ma il lampo di panico negli occhi di lei lo fece proseguire frettolosamente: «Mi avete incontrato nelle circostanze *meno* rispettabili, lo so, ma state certa che sotto il mio tetto sarete trattata come si deve.» Le accarezzò la guancia, apprezzando il modo in cui gli occhi della giovane si dilatavano. «Temo che questo significhi che dovrete sopportare un nuovo guardaroba.»

Zehra lo fissò incredula mentre lui la conduceva al piano superiore. Sotto di loro, MacTavish chiamò la servitù perché si occupasse dei due.

«Per ora potete riposare nelle mie stanze finché non

avranno preparato la vostra camera.» La accompagnò in camera e la fece entrare. Il fuoco era acceso e Lawrence sapeva che presto sarebbe arrivato un vassoio di cibo ma almeno per il momento poteva sistemare Zehra. La giovane indugiava accanto alla porta, stringendo la seta dell'abito con le dita eleganti. Lawrence desiderava allungare la mano e toccarle di nuovo, per rassicurarla che tutto andava bene, ma temeva che lei non si fidasse ancora di lui.

«Prego, sedetevi. Posso offrirvi del vino o un po' di brandy?» Si avviò verso i decanter sul tavolino, poi il suo volto divenne rosso fuoco. «Immagino che non beviate alcolici, vero? Mi scuso se vi ho offesa in qualche modo.»

«No, non c'è problema. Ogni tanto bevo. Mia madre non era persiana e sono cresciuta in due culture diverse. Vorrei un bicchiere di vino, per favore» rispose Zehra sedendosi sulla prima sedia accanto al fuoco. Lawrence riempì un bicchiere e glielo porse, poi si sedette sulla sedia a guardarla. La giovane bevve tutto d'un fiato. Suo padre avrebbe disapprovato, ma sua madre le aveva spesso permesso di bere un bicchiere di vino in segreto, quando erano solo loro due, e Zehra ne aveva un debole.

«Alla *White House* vi hanno dato abbastanza da mangiare?»

«La *White House*?» chiese lei, confusa.

«Sì, il bordello dove voi...»

«Oh!» Le guance di Zehra divennero rosso scuro.

«Un po'. Ho bevuto un bicchiere d'acqua e un pezzo di pane verso mezzogiorno...»

«Per l'amor del cielo!» imprecò Lawrence. Quella povera donna era stata affamata. Zehra sobbalzò per quello sfogo. «Le mie scuse. Non volevo spaventarvi. È solo che più vengo a sapere di quel posto e più mi infurio.» Non erano parole abbastanza forti ma non aveva intenzione di confessare a quella povera giovane spaventata che voleva tornare indietro e radere al suolo quel posto.

Zehra sorseggiò più lentamente il suo vino, fissando Lawrence, come se cercasse di capire se potesse essere una minaccia. Doveva stare un minuto da sola, anche da lui. Avrebbe potuto avere il tempo di adattarsi e sentirsi più sicura.

«Penso che scenderò a far portare su altro cibo. Per favore, restate qui a scaldarvi accanto al fuoco.»

Lawrence la lasciò da sola, ritenendo che Zehra potesse avere bisogno di un po' di tranquillità dopo gli orrori subiti. Dal suo discorso era chiaro che era una signora di alto lignaggio e che non era abituata al trattamento che aveva subito. Non che *qualsiasi* donna dovesse essere abituata. MacTavish era nel corridoio ad aspettarlo, con le sopracciglia scure aggrottate per la preoccupazione.

«Mio signore, avete... avete bisogno di qualcosa?»

«Sì. Cibo. Mandate subito tutto quello che Cook può preparare.»

Il maggiordomo annuì, e dalla sua esitazione Lawrence capì che aveva intuito che Zehra non era la solita ospite.

«Vi spiegherò tutto quando sarà sicuro. Dobbiamo mantenere la segretezza per il suo bene, non per il mio.»

MacTavish annuì. Era al servizio di Lawrence da quando questo aveva compiuto vent'anni e non era nuovo a prendere ordini di natura particolare. «Le cameriere si occuperanno della vostra stanza ed io farò sapere a tutti che questa ospite è speciale e che la sua presenza è un segreto.»

«Grazie. Mi scuso con tutti per l'ora tarda.» Lawrence scese nel suo studio, dove tirò fuori un po' di pergamena e preparò una penna d'oca e un calamaio fresco. Esitò, tuttavia, quando posò la punta della penna d'oca.

Che cosa avrebbe scritto a suo fratello? Doveva scusarsi per aver comprato una donna quando aveva giurato di non interferire? Ma cosa avrebbe dovuto fare? Sarebbe dovuto stare con le mani in mano mentre una donna veniva privata della sua libertà? Semmai era colpa di suo fratello che non lo aveva avvertito a dovere.

Aveva dato un'occhiata a Zehra e sapeva che non poteva permettere che fosse presa da un altro uomo. C'era qualcosa nei suoi occhi e nel modo in cui si muoveva. Gli riportarono alla mente ricordi così lontani, che sembravano sussurrargli, ma non riusciva a portarli alla luce, non riusciva a dare un senso a ciò che vedeva, o che ricordava a metà.

Sì, c'era qualcosa in Zehra che non riusciva a togliersi dalla testa. Gli ricordava troppo la giovane del bordello di anni prima, anche se non direttamente nell'aspetto, ovviamente. Era la situazione nel suo complesso. Sembrava che gli fosse stata data una seconda possibilità di rimediare a un errore del passato.

Fissò intensamente la pergamena. Imprecando, la appallottolò e la gettò nel fuoco. Mentre guardava le braci divorarla, sospirò e fissò il soffitto dove ora, un piano più in alto, sedeva Zehra.

Era una donna adorabile che aveva attraversato una prova orribile, e lui si commuoveva per lei in modi fin troppo pericolosi. Non si era mai considerato un vero gentiluomo: aveva preso troppo da suo fratello maggiore, Lucien. Come sua madre aveva detto più di una volta, "le canaglie sono di famiglia". Se avesse tenuto Zehra sotto il suo tetto per molto tempo, avrebbe avuto problemi a rimanere un gentiluomo.

Eppure non era un uomo che cercava di sedurre una donna in tutti i modi. Aveva degli scrupoli a cui si aggrappava ancora. Ma se lei gli avesse fatto capire che desiderava condividere il suo letto, di certo non l'avrebbe rifiutata. Il problema sarebbe stato determinare se tale richiesta fosse stata sincera o dettata da un senso di obbligo. Non avrebbe tollerato quest'ultima ipotesi.

Si appoggiò alla sedia, accigliato. Quella settimana tutta la sua famiglia doveva essere presente a Londra per varie feste estive, e senza dubbio anche lui sarebbe stato costretto a partecipare a quegli eventi, ma che avrebbe fatto con Zehra?

Per il momento avrebbe dovuto tenere la sua principessa persiana al sicuro. Poteva ancora vedere lo sguardo di paura nei suoi occhi mentre lo implorava di tenerla, anche se le aveva promesso la libertà. Qualcosa l'aveva spaventata all'idea di tornare a casa. Era un mistero, che aveva tutte le intenzioni di risolvere una volta che lei avesse avuto la possibilità di riposare.

Per fortuna nessun altro aveva fatto un'offerta più alta. Settemila sterline erano una somma incredibile, che avrebbe avuto difficoltà a spiegare se qualcuno avesse messo in discussione i suoi conti - sempre che la *White House* fosse in grado di utilizzarle, cosa improbabile visto che i Bow Street Runners stavano facendo a pezzi il bordello. Ma aveva vinto, ed era sollevato che lei fosse tornata a casa con lui. Ora era al sicuro e lo sarebbe stata sotto la sua sorveglianza.

Capitolo Tre

Zehra sorseggiò il suo vino, anche se il suo ventre fremeva per il mal di stomaco nato da giorni di scarso o nullo cibo. Lottando per ignorare il mal di testa, esaminò la camera del suo salvatore. L'alto letto a baldacchino con un copriletto verde scuro sembrava invitante, forse troppo. C'erano un lavabo e una cassettiera. Una libreria alta era addossata a una parete ed era colma di libri, alcuni vecchi, altri nuovi. Avvicinandosi allo scaffale, portò con sé il bicchiere di vino.

«Chi sei, Lawrence Russell?» sussurrò, leggendo i dorsi dorati sugli scaffali. Romanzi gotici, poesia, scienze, arte, filosofia. Sembrava che fosse molto colto. *Di certo un uomo colto ha meno probabilità di essere un uomo crudele.* Almeno, era quello che sperava.

Lui sosteneva di averla comprata per proteggerla dagli altri uomini. Ma negli ultimi tempi Zehra aveva imparato la dura verità: non poteva fidarsi di nessuno, né degli estranei, né degli amici. I suoi genitori erano morti perché si erano fidati di un uomo che pensavano fosse loro amico.

Chiuse gli occhi. Le lacrime le rigavano il viso e l'aria fresca di primavera che filtrava dalla finestra aperta asciugava le striature umide. Si controllò, sopportando il dolore di quella perdita. Ci sarebbe stato un tempo per elaborare il lutto, ma non ancora, non prima di aver trovato la famiglia di sua madre e aver capito se le avrebbe offerto una casa o l'avrebbe scacciata.

Poteva quasi sentire la voce di suo padre. *Devi essere forte ancora un po', mia rosa del deserto, ancora un po'.* Rosa del deserto. Quante volte l'aveva chiamata così. Sua madre aveva riso di gusto per quel nome ogni volta che Zehra danzava in una pozza di petali di rosa colorati, respirando il profumo inebriante del fiore più bello della natura.

Per un attimo fu trasportata nel passato e i ricordi del sole la portarono lontano da quell'isola buia e fredda. Suo padre era seduto davanti a un fuoco, il cielo notturno scintillava di stelle, mentre suonava il setar, uno strumento simile al sitar indiano. Cantava con una voce ammaliante. Zehra si sedeva avvolta tra le braccia della madre, che le sussurrava le parole della musica del padre.

Sono una candela che arde per te,

Il mio cuore si infiamma di ardore per te,

Eppure non tornerai mai a casa,

La mia perla splendente, il mio cuore più caro,

Aspetto... aspetto nell'oscurità, bruciando nella notte,

Sperando contro ogni speranza che tu possa trovare la strada di casa.

Era troppo giovane per capire lo sguardo tra i suoi genitori, gli sguardi che si addolcivano, i segreti intimi che indugiavano nell'aria senza essere detti.

Ma quella vita era finita. Non avrebbe mai ritrovato la strada di casa, perché non era più la sua casa. Rimaneva solo un palazzo bruciato, con le piastrelle del pavimento ricoperte di sangue. La macchia del male in quel luogo non sarebbe mai svanita, non per lei. Anche se fosse potuta tornare indietro, non sarebbe più tornata a palazzo.

I suoi occhi si aprirono di scatto quando la porta della camera cigolò. Si voltò, aspettandosi di scorgere Lawrence, ma vide invece una cameriera dai capelli scuri portare un vassoio. «Scusatemi, signorina, il padrone ha chiesto di portarvi qualcosa da mangiare.» La donna sorrise, con il viso arrossato, e Zehra si asciugò le lacrime dalle guance. Si prese un momento per riprendersi, cercando di dipingere un sorriso allegro sulle labbra mentre affrontava la cameriera.

La giovane posò il vassoio sul tavolo accanto al camino e sollevò una coperta calda. Fece cenno a Zehra di sedersi su una delle sedie vicine.

«Sembrate morta in piedi, signorina. Perché non sedete qui? Il padrone ha una bella poltrona accanto al fuoco e vi potrete riposare.»

L'alta poltrona a dondolo sembrava piuttosto accogliente, doveva ammetterlo. Dopo essersi seduta, la cameriera le sistemò la coperta in grembo.

«Per il freddo, signorina» spiegò la cameriera. «Di notte può esserci un po' di corrente d'aria.»

«Grazie» disse Zehra, commossa da quella premura. Sua madre le aveva parlato raramente dell'Inghilterra, ma aveva detto che lì i domestici erano molto diversi da quelli con cui Zehra era cresciuta. Era stata educata a essere rispettata da chi la circondava e che nessuno le avrebbe rivolto parola ma quella donna l'aveva trattata in modo così amichevole. A Zehra piaceva. La faceva sentire meno sola e in quel momento era ciò che contava più di ogni altra cosa.

«Ci sono una zuppa di porri, dei salumi e della frutta. Se avete bisogno di qualcos'altro, basta tirare la corda del campanello vicino al letto e qualcuno salirà per occuparsi di ciò che vi serve.» La cameriera le rivolse un altro sorriso e lasciò Zehra a mangiare.

La giovane fissò la cupola di metallo sopra il piatto e la tolse. I profumi deliziosi che le stuzzicavano il naso le diedero sollievo. Le venne voglia di piangere di nuovo. Si diresse subito verso la carne, per placare i morsi della fame.

Pochi minuti dopo, aveva ripulito il piatto e stava mangiando l'ultimo boccone di zuppa con una fetta di pane. Per la prima volta dopo una settimana, si sentiva sazia. Si appoggiò alla sedia, riscaldata dal fuoco e dalle coperte, e fu invasa da un senso di pace...

Non era sicura di quanto avesse dormito prima di essere scossa dalla sensazione di essere spostata. Si dibatteva, mentre il panico prendeva il sopravvento sulla razionalità e i ricordi di quando era stata legata e imprigionata sulla nave tornavano a galla.

«Calmatevi, tesoro, sono solo io. La vostra stanza è pronta. Stavo semplicemente per portarvi lì.» La voce maschile era familiare e Zehra capì, nel suo stato di sonnolenza, che era Lawrence. «Poi vi lascerò in pace, ve lo prometto.»

«Mio signore, vi prego, non posso dormire da sola. Non stanotte.» Zehra gli strinse la camicia, arricciando le dita nel tessuto sottile. Non sapeva perché all'improvviso lo avesse pregato di restare con lei, ma per qualche motivo, mentre lui la portava in braccio, era sicura che quel giovane non le avrebbe fatto del male.

I bei lineamenti di Lawrence erano ombreggiati dalla fiamma e lei si rese conto che la stanza intorno a loro era buia. Le lampade erano state spente e solo il fuoco era rimasto acceso.

«Siete la benvenuta nel mio letto. Posso far portare una branda se desiderate che un servitore resti con voi per la notte. O io stesso, se preferite.» Gli occhi di Lawrence furono colpiti dalla luce della luna proveniente dalla finestra vicina, facendole mancare il fiato per la loro intensità. Nella sua terra gli uomini che aveva incontrato avevano occhi scuri di cento tonalità diverse, ma quel colore chiaro, come il grano mescolato allo smeraldo, era diverso da qualsiasi cosa avesse mai visto. Il colore blu brillante dei suoi occhi era raro, Zehra lo sapeva, ma trovava molto più incantevoli le infinite sfumature di verde e marrone di quelli di Lawrence.

Lawrence la cullò al petto, dirigendosi verso il letto e adagiandola. Nonostante la gentile offerta, cercando di rassicurarla che non desiderava nulla da lei in cambio, i suoi respiri rapidi e irregolari lo tradivano. Sembrava che stesse lottando per rimanere il gentiluomo che diceva di essere. Tuttavia, il fatto che riuscisse a combattere così bene quei demoni la diceva lunga sul suo carattere e lei non voleva offenderlo.

«Saprò ringraziarvi se resterete in questa stanza per la notte.»

Lawrence annuì. «Ci sono molte coperte, ma se avete freddo ne ho altre. Io resterò qui sulla sedia. Chiamate se avete bisogno di qualcosa.» Si voltò e Zehra ebbe un momento per studiare la bella figura del giovane che si stagliava alla luce del fuoco. Poi si sdraiò sul letto per un breve istante, prima di rendersi conto che l'abito era troppo stretto e che il suo fiato era corto. L'abito che aveva indossato sulla nave era stato più comodo, probabilmente perché i negrieri volevano un facile accesso alle donne che prendevano e non si curavano di corsetti o fasce. Si rimise a sedere e cercò di allungare la mano dietro di sé per sbottonare l'abito, ma non ci riuscì. Con un brivido, guardò Lawrence, che era ancora rivolto verso il fuoco.

«Mio signore, non ho modo di sbottonare questo abito. Le signore della *White House* mi hanno lasciata piuttosto indifesa.» Scese dal letto e si diresse verso Lawrence. Lui deglutì a fatica e lei giurò di averlo sentito borbottare un'imprecazione prima di sospirare.

«Sì, certo, sono stato uno sconsiderato. Non dovete dormire con quell'abito. Devo chiamare una cameriera per aiutarvi?»

Zehra pensò all'ora tarda e trasalì. Non voleva trascinare una cameriera fuori dal suo letto. «No, dovremmo lasciarli dormire. Mi fido di voi, mio signore.»

«Vi fidate di me?» Il giovane ridacchiò in modo ironico. «Molto bene, allora.»

Lawrence fece roteare un dito, indicandole di voltarsi. Zehra lo fece, trattenendo il fiato quando le dita di lui iniziarono a tirare i lacci. La giovane si rilassò quando l'abito si allentò e poi scivolò a terra. Il respiro improvviso di lui la fece arrossire e sorridere. C'era una parte di lei che era audacemente sensuale, per molti versi affatto spaventata da quelle cose. Era vergine, ma non per questo non istruita sui modi di fare degli uomini e delle donne.

«Vi prego, non ditemi che avete bisogno di aiuto per il resto.» La voce di Lawrence era bassa e roca. Zehra sentiva di averlo spinto troppo oltre.

«No, posso farcela. Grazie, mio signore.» Zehra allontanò l'abito ai suoi piedi e si spogliò dei vestiti rimasti, lasciando sul pavimento un mucchio di abiti, pantofole e calze. Vestita solo della sua chemise, si arrampicò di nuovo sul letto di Lawrence e si sistemò per la notte. Era così esausta che lo sentì lottare con la sedia e un piccolo cuscino solo per pochi minuti prima di abbandonarsi al sonno.

Avery Russell entrò nel caos della *White House*, i suoi occhi osservarono i Bow Street Runners e il magistrato locale, un uomo di nome John Dearborn, mentre raccoglievano le dichiarazioni di alcuni avventori del bordello. Tre uomini erano legati con catene di ferro e seduti a un tavolo da gioco nella sala principale.

«Russell.» Uno dei Runners, un uomo chiamato Sam Cady , annuì e parlò ad Avery, avvicinandosi: «Abbiamo bloccato l'asta. Purtroppo la *maitresse* ha gettato nel fuoco i libri contabili, distruggendo i nomi degli uomini che hanno pagato per partecipare. Tutte le signore sono state sistemate in una stanza, ma...»

«Ma cosa?»

Cady scrollò le grandi spalle e fece un cenno verso il gruppo di uomini trattenuti. «Uno dei signori qui presenti giura che qualcuno ha comprato una schiava, la prima a essere venduta. Lui e la ragazza non sono qui.»

«Qualcuno è scappato?» Le mani di Avery si strinsero a pugno pensando a una povera donna portata via in un luogo dove nessuno l'avrebbe trovata, dove sarebbe stata abusata e profanata, da dove molto probabilmente non se ne sarebbe mai andata.

«Questo chiacchierone ha dato un nome?»

Cady scosse la testa.

«Chi è stato?» chiese Avery., dirigendosi verso i prigionieri. Cady si mise alle sue spalle.

«Il tizio a sinistra, quello giovane.»

Avery afferrò l'uomo, che sembrava avere quasi la

sua età, e gli ringhiò in faccia: «Chi ha preso la prima donna? Dammi un nome!»

Il giovane sussultò mentre la sua sedia veniva spinta indietro fino a essere in equilibrio su due gambe. «Non lo so, ma l'ho visto bene! Lo giuro!» Con le mani legate dietro di sé, avrebbe rischiato una brutta caduta se la sedia si fosse rovesciata, il che era esattamente ciò che Avery voleva che temesse. Una minaccia di violenza poteva essere più efficace dell'uso effettivo della stessa. L'immaginazione di un uomo era il suo peggior nemico.

«Che aspetto aveva?» incalzò Avery.

«Vi somigliava!» strillò l'uomo mentre la sua sedia traballava sulle gambe posteriori.

Avery si bloccò. «Cosa?»

«Vi assomigliava» ripeté l'uomo. «Non esattamente, intendiamoci. I capelli erano di un rosso più scuro, ma il viso... molto simile.» L'uomo lo fissava, ma Avery non gli prestava più attenzione. Lasciò cadere la sedia sulle quattro gambe.

Lawrence. Che diavolo aveva fatto suo fratello maggiore? Era stato mandato a raccogliere informazioni sull'asta, non a partecipare!

«Che succede?» chiese Cady, stringendo le mani a pugno. «Sai di chi sta parlando?». Cady era un brav'uomo, ma la sua corporatura brutale e la sua altezza lo rendevano uno spettacolo dannatamente spaventoso quando si arrabbiava.

Avery scosse la testa. Se suo fratello aveva comprato una schiava, doveva esserci un motivo dannatamente valido. Lawrence aveva pensato di poter fare l'eroe, immaginando di salvare quella povera donna?

Il problema era che un magistrato non l'avrebbe vista così. L'acquisto di una donna come quella era sufficiente a condannare qualsiasi uomo. Per fortuna, Avery aveva trascorso anni come spia del re e del paese. Era abituato a controllare le proprie reazioni e a trovare vie d'uscita da situazioni impossibili. Si rivolse a Cady.

«Lascia fare a me. Scoprirò chi è quell'uomo e quando lo scoprirò, sarà fatta giustizia» giurò. Cady annuì e tornò dagli altri, lasciandolo da solo. Avery si diresse verso l'ufficio della proprietaria, per vedere cosa era rimasto dei libri contabili. Vide un piccolo camino contro la parete di fondo, di fronte alla scrivania. Tre grossi libri mastri con rilegature in cartone fumavano ancora sul focolare. Sotto la grata, dove i registri erano stati gettati, la cenere ricopriva il pavimento.

Avery si inginocchiò e staccò con cura le pagine. La maggior parte era illeggibile e alcune pagine si sbriciolavano anche quando le girava, ma riusciva a distinguere alcuni nomi e numeri.

«No...» sussurrò un'imprecazione, scostando le ultime pagine per leggere meglio i nomi.

«Lawrence Russell - Un oggetto - 7.000 sterline.»

Lawrence, che cosa hai fatto? Sei un maledetto idiota.

Tirando fuori un fiammifero dalla tasca interna, riaccese il fuoco e strappò l'ultima pagina, gettandola nelle fiamme. Non poteva esserci nessuna prova, nessuna traccia delle azioni di suo fratello.

Sistemerò tutto. Troverò la donna e proteggerò il nome della mia famiglia. Nessuno dovrà mai saperlo.

Si voltò e uscì dall'ufficio. Ora il magistrato era responsabile della scena e Avery poteva scomparire facilmente nell'oscurità. Doveva fare rapporto. Il suo superiore, Sir Hugo Waverly, sarebbe dovuto essere informato del successo dell'interruzione del giro di schiavi. Con diversi influenti ambasciatori arabi e persiani a Londra per colloqui di pace segreti volti ad arginare la guerra tra l'Impero Ottomano e quello del Qajar, era fondamentale che quell'evento non fosse mai scoperto.

Avery uscì dalla *White House* e chiamò il suo cavallo. Aveva bisogno di tornare a casa e riposare, ma il giorno dopo sarebbe andato da Lawrence e avrebbe preteso delle risposte. Avrebbe anche dovuto portare subito la povera donna al porto con le altre e rispedirla a casa.

Sperava solo di poter evitare a Lawrence di affrontare la legge, se suo fratello aveva fatto una cosa così sciocca come comprare davvero una schiava. In quel caso sarebbe stato difficile salvarlo.

ZEHRA NON RIUSCIVA A LAVARE VIA IL SANGUE DALLE sue mani. Le sale del palazzo risuonavano di urla e il cielo notturno era illuminato dal fuoco. Il fumo si insinuava lungo i corridoi, in cerca di vittime. I corpi erano disseminati nelle camere da letto e nelle anticamere.

Scioccata, Zehra fissò i due corpi più vicini al letto. Sua madre giaceva immobile, con i capelli dorati sparsi sulle lenzuola di seta e la gola tagliata. Il sangue si raccoglieva sotto il collo e i suoi occhi blu, privi di vita, guardavano attraverso Zehra verso l'oblio.

Un uomo alto dai capelli scuri giaceva ai suoi piedi, con il corpo immobile e una scimitarra stretta in una mano. Aveva ucciso quattro uomini prima di essere abbattuto.

Papà... la parola non le sfuggì dalle labbra, ma fu seguita nella sua testa da un urlo penetrante di angoscia.

Più tardi riuscì a muoversi di nuovo e si ritrovò a correre lungo il corridoio, tossendo mentre la casa che aveva amato bruciava intorno a lei.

«La principessa!» gridò qualcuno in farsi. Il terrore le attanagliò il cuore, ma non si fermò. Doveva fuggire.

Quando raggiunse una grande finestra aperta che dava sui giardini, una figura scura si mise sulla sua strada. Lei gli andò incontro e lui la afferrò con un braccio e le tappò la bocca con una mano.

«Sono Al-Zahrani, mia principessa. Sono venuto a salvarvi. Venite con me, presto.»

Lo seguì fuori dalla finestra nella notte.

ZEHRA GRIDÒ, SOBBALZANDO IN PIEDI. LA NOTTE continuava a oscurare il mondo esterno. Aveva dormito solo un'ora prima che l'incubo la svegliasse?

Lawrence balzò dalla sedia accanto al camino, afferrando un attizzatoio e brandendolo come una sciabola. «Che c'è? Che succede?» Sembrava pronto a combattere, con le gambe aperte in posizione accovacciata.

Il sangue ruggì nelle orecchie di Zehra, lottando per calmarsi. No, non era in Persia. Era al sicuro. Veramente?

«Io...» La giovane deglutì a fatica, con la gola secca per aver urlato. «Ho avuto un incubo.»

Lawrence si rilassò e si avvicinò al lavabo accanto al letto. Le versò un bicchiere d'acqua da una brocca.

La giovane accettò il bicchiere e bevve finché non fu vuoto. Il suo corpo era ricoperto da una patina di sudore e sollevò le mani, esaminandole alla ricerca di sangue. Sapeva che non ci sarebbe stato, ma lo sentiva lo stesso.

«Che cosa state cercando?» Lawrence le riempì di nuovo il bicchiere.

«Nulla. Mi dispiace avervi svegliato» sussurrò lei.

Lawrence si sporse sul letto. Zehra fu sorpresa di non essersi allontanata istintivamente da lui.

«Tesoro, vi è successo qualcosa di terribile. Lo vedo nei vostri occhi: c'è un barlume di dolore. Ma se non volete parlarmi, non posso aiutarvi.» Le prese il viso tra il palmo delle mani. C'era qualcosa nel modo in cui la toccava, in cui le parlava, come se fosse troppo vicino, ma non abbastanza. All'improvviso Zehra sentì freddo sotto il tessuto leggero della chemise e desiderò che lui la avvolgesse con le sue braccia e la riscaldasse. Era una follia, desiderare un estraneo in quel modo, eppure lo faceva.

«Forse un giorno potrò raccontarvelo» disse lei. «Ma non oggi.»

Le labbra di Lawrence si incurvarono in un cipiglio, ma annuì. «Capisco. Ditemi cosa posso fare. Ci deve essere qualcosa.»

Zehra distolse lo sguardo da quello del giovane, fissando l'intonaco del soffitto. Luce dorata, con tondi dipinti raffiguranti scene che riconosceva nella mitologia classica. Era più abituata ai motivi geometrici che alle raffigurazioni di persone e si fermò notando l'arte sopra di lei. Una tale bellezza nella casa di uno scapolo così rozzo. Era inaspettato.

«Zehra?» Lawrence la chiamò teneramente e i loro sguardi finalmente si incontrarono.

«Vorreste... abbracciarmi?» La giovane sapeva che

era sconveniente, sia in Inghilterra sia in Persia, ma essere abbracciata era ciò di cui aveva più bisogno. Ogni volta che lui la toccava, il dolore e la paura del passato sembravano svanire in un lontano e vago ricordo. Sapeva che era solo una soluzione temporanea, ma si aggrappava a qualsiasi possibilità, per quanto piccola, di alleviare i suoi ricordi e dimenticare.

Le sopracciglia di Lawrence si alzarono. «Abbracciarvi? Ne siete proprio sicura?»

«Certo» gli fece eco lei.

«Ehm... giusto.» Lawrence si tolse gli stivali, poi si sistemò sul letto accanto a lei e aprì le braccia. Zehra fu inondata da una scarica di emozioni mentre scivolava in quell'abbraccio. Stava chiedendo così tanto a quell'uomo, un perfetto sconosciuto, e non poteva dargli nulla in cambio. Gli occhi le si riempirono di lacrime e seppellì il viso contro il petto di lui. Il suo profumo la avvolse e si rilassò quasi subito.

«Meglio?» sussurrò Lawrence mentre il suo respiro caldo le accarezzò i capelli.

«Sì.» Zehra rimase in silenzio per un lungo istante. «Non sono una donna debole.» Non era sicura del perché avesse bisogno di sentirselo dire, ma lo fece.

«Lo so. Credo che voi siate la donna *più forte* che io abbia mai incontrato.»

La tensione nel suo corpo si allentò un po' e Zehra

emise un respiro lento. Poteva condividere qualcosa con lui? Forse...

«I miei genitori sono stati uccisi. Ho trovato i loro corpi prima di fuggire da casa mia. È stato...» Non c'erano parole, non abbastanza forti da esprimere il suo dolore e la sua sofferenza.

Le braccia di Lawrence la strinsero. «Mio Dio. Che cosa è successo? Perché sono stati uccisi?»

Zehra arricciò le dita, cercando disperatamente di aggrapparsi a lui.

«Mio padre ha ostacolato un uomo assetato di potere, un uomo di cui si fidava. Ci ha traditi per aiutare un altro scià a prendere la nostra terra. Per questo non posso tornare indietro.» Non riuscì a dire altro. Se avesse pronunciato il nome di Al-Zahrani, se avesse trasformato in realtà quella minaccia sentita nei giardini, non avrebbe mai potuto cancellarla. Era meglio se Lawrence non avesse mai saputo del pericolo. Avrebbe potuto cercare Al-Zahrani e questo lo avrebbe fatto uccidere, perché Lawrence era un uomo d'onore e Al-Zahrani no.

Lawrence le accarezzò i capelli. «Con me siete al sicuro. Ve lo giuro.» Le labbra di Lawrence le sfiorarono la fronte in un bacio casto che sembrò mettere insieme parti del suo cuore spezzato. «Dormite. Vi terrò tra le mie braccia per tutto il tempo che vorrete.»

«Siete un uomo meraviglioso» mormorò Zehra, sistemandosi ancora di più tra le braccia mentre entrambi si spostavano per sdraiarsi sul letto.

Lawrence ridacchiò, e quel suono la fece sentire calda e rilassata.

«Se mai incontrerete mia madre, dovrete dirglielo. Ma dubito che vi crederebbe.»

Zehra sorrise leggermente. «Incontrare vostra madre? Santo cielo, preghiamo che non accada mai.»

«Perché no?» le chiese Lawrence con un tono tra il serio e il faceto.

Zehra gli accarezzò il petto. «Perché senza dubbio vorrà sapere come ci siamo conosciuti e voi dovrete rispondere: *Madre, è la mia schiava, l'ho comprata nel più terribile dei bordelli per settemila sterline.* Temo che morirebbe sul colpo per una notizia del genere.» Ridacchiò un po', suo malgrado.

«Sì, beh, sospetto che apprendere che ho speso settemila sterline possa farlo.»

«E non la parte in cui si parla di possedere una schiava?» lo stuzzicò.

Lawrence ringhiò un po'. «Non siete la mia schiava, Zehra. Siete libera di andare e venire come volete. Vi chiedo solo di stare al sicuro. Posso sistemarvi in una casa tutta vostra, fornirvi vestiti, cibo, tutto ciò che desiderate finché non decideremo cosa fare dopo.» Si schiarì la gola. «Non chiedo nulla in cambio.»

Zehra trovò una fessura nella camicia di lui e strofinò la punta delle dita sul petto nudo, godendosi il calore della pelle. Sapeva di tentarlo, ma non riusciva a trattenersi. Era forte, caldo e assolutamente virile. La faceva sentire femminile e sicura come non le capitava da molte settimane.

«Mi state uccidendo» sussurrò Lawrence.

«Veramente?» gli chiese, sorridendo.

«Toccatemi altrove e potrei non riuscire a trattenermi dal toccarvi a mia volta» la avvertì, ma c'era una tenerezza in quella minaccia che la fece ardere di nuove voglie, quelle che non aveva mai provato prima per un uomo. «Pensate al mio povero onore.»

Zehra continuò a sfiorargli il petto con le dita e a seppellire il viso nella sua spalla. La sensazione di averla tra le braccia era ipnotica. La stava cullando nel sonno molto, molto lentamente.

«Vi sentite meglio?» le chiese.

Zehra annuì.

«Bene. Ricordate solo che nessun incubo può crescere dove fiorisce la luce del sole.»

«Cosa?» gli chiese, svegliandosi un po'. Sembrava qualcosa che avrebbe potuto dire suo padre.

«Era una cosa che mio padre mi diceva sempre da ragazzo.» Lawrence ridacchiò. «Mi insegnava a immaginare tutto ciò che mi spaventava come ombre scure e poi a immaginare di portare un raggio di luce nelle mie mani e di poterlo far brillare sulle ombre, bruciandole con la luce.»

Zehra si prese un momento per immaginare i suoi orrori passati, che erano già ammantati di ombre, e poi gettò la luce del sole su di loro nella sua mente. Non poteva essere sicura che funzionasse, ma non si sentiva più indifesa come prima. L'oscurità aveva dato potere a quelle visioni e immaginare la luce le aveva dato forza. Sperava solo che fosse sufficiente.

«Siete un uomo meraviglioso.»

Il suo salvatore le sfiorò la guancia con le nocche, emettendo un respiro lento e profondo, ma non parlò. Zehra sorrise leggermente, ma non poté ignorare la letargia che si insinuava lungo le sue membra mentre cadeva in un sonno beato e senza sogni, dove sperava che gli incubi non potessero seguirla.

Capitolo Quattro

Lawrence si svegliò al rintocco dell'orologio a pendolo nel corridoio fuori dalla sua stanza.

Le sette e mezza. Era ancora presto e lui e Zehra erano andati a letto nelle prime ore del mattino.

Lawrence si spostò, sentendo il peso di Zehra tra le sue braccia. La testa di lei poggiava sul suo petto e le loro gambe erano intrecciate. La *chemise* della giovane era sollevata e lui le stava sfiorando la coscia sinistra con la mano. Zehra gli teneva i capelli tra le mani, come se si fosse addormentata passando le dita tra le ciocche. Un sorriso gli contorse le labbra.

Si chiese se la giovane si sentisse veramente a suo agio con lui, o se fosse qualcosa che lei aveva fatto inconsciamente durante il sonno. In ogni caso, gli piaceva che lo toccasse. Voleva che si sentisse al sicuro con lui, che sentisse di potergli stare vicino e persino di poterlo toccare senza paura.

Voglio essere un uomo di cui si possa fidare.

Spostò con cautela la mano dalla coscia e si avvicinò per accarezzare le ciocche scure che le scendevano lungo la schiena. Lei non si mosse mentre lui continuava a giocare con le ciocche lucenti.

I ricordi dell'ultima notte tornarono lentamente e trattenne un brivido. Zehra aveva visto uccidere i suoi genitori... e poi era stata venduta come schiava. Aveva sopportato l'inferno ed era ancora viva, era ancora sana di mente.

Mio Dio... Che cosa avrebbe fatto? Non poteva andare a casa, era troppo pericoloso. Ma che cosa poteva fare lì? Zehra era la creatura più bella che lui avesse mai visto e sarebbe stata un'ottima amante per qualsiasi uomo, ma meritava di più che essere semplicemente tenuta da un uomo, soprattutto visto il suo passato. Non era l'animale domestico di nessuno. E nessuno avrebbe mai dovuto costringerla a fare qualcosa che non desiderava.

Studiò i lineamenti delicati della giovane, il nasino all'insù, gli zigomi alti e il mento sottile. Nonostante i bei lineamenti persiani, in lei c'era qualcosa di sorprendentemente familiare, quasi inglese, ma non sapeva dire cosa. Qualcosa gli pungeva in fondo alla mente, ma non riusciva ancora a capire perché guardarla gli provocasse un'agitazione.

Le scostò i capelli dal collo e intravide qualcosa che non aveva notato la sera prima. Una catenina d'oro le pendeva dal collo. Seguì il percorso della catena fino a un medaglione delle dimensioni di un pollice che poggiava sul rigonfiamento dei seni. Lo sollevò e lo esaminò più da vicino. La decorazione a pergamena dello stemma gli era familiare e gli aveva dato un lieve impulso alla memoria.

Iniziò ad aprire il medaglione, ma poi si bloccò. Il senso di colpa si insinuò in lui con zampate furtive. Senza dubbio conteneva i ritratti dei genitori di Zehra ed era l'unica cosa che le era rimasta di loro. Sarebbe stato sbagliato intromettersi in un ricordo del genere senza essere invitati. Ripose il ciondolo e tolse la mano. Era strano. Non si era mai preoccupato di una donna in quel modo. La seduzione era stata un gioco e la donna il premio.

Eppure nulla di Zehra era semplice e lei non era un premio da conquistare. Era tentato oltre ogni immaginazione di sedurla, ma si rifiutava di essere un bastardo insensibile. Immaginare di essere al posto della giovane per un solo istante placò qualsiasi impulso di quel tipo, anche se non le passioni che li avevano accesi.

Devo essere un uomo di cui si possa fidare.

Lawrence attese alcuni istanti, godendosi il respiro

tranquillo di lei e la semplice sensazione dei loro corpi vicini. Per quanto ne sapeva, Zehra aveva dormito per il resto della notte senza avere paura o incubi, e lui non aveva alcun desiderio di disturbarla.

La porta della stanza si aprì e il suo valletto, George, fece capolino. Lawrence fece un piccolo cenno all'uomo, che si infilò nella stanza per sbrigare le sue mansioni nel modo più silenzioso possibile. Solo allora Lawrence, a malincuore, si alzò dal letto. Infilò Zehra sotto le coperte, soffermandosi ad ammirare la sua squisita bellezza.

«Dorme come un agnellino.» George ridacchiò mentre lui e Lawrence entravano nel camerino, dove il valletto gli stava preparando un bagno.

«Infatti. Ne ha bisogno, poverina.» Lawrence si spogliò.

Il valletto si schiarì la gola. «È... ehm... vero quello che il signor MacTavish ha detto di lei, signore? Che viene dalla *White House*? Non sembra una...» George arrossì fino alla punta dei capelli.

«Perché *non lo è*.» Lawrence non voleva che Zehra fosse trattata come qualcosa di diverso dalla principessa che sembrava essere. «Trattatela come una principessa. Fate in modo che abbia tutto ciò di cui ha bisogno.»

«Naturalmente.» George si inchinò. «Stenderò i vostri vestiti e tornerò quando sarete pronto a vestirvi, a meno che non abbiate bisogno di qualcos'altro?»

«Grazie. Starò bene» mormorò Lawrence, immergendosi nella vasca di rame e sospirando mentre l'acqua calda rilassava i suoi muscoli contratti.

L'ultima sera era stata tesa e fino a quel momento non si era mai veramente rilassato. Persino il sonno era stato disturbato dai ricordi dell'asta e dell'incursione, e le sue preoccupazioni attuali erano tutt'altro che finite. Era solo questione di tempo prima che suo fratello minore, Avery, entrasse di corsa dalla porta d'ingresso accusandolo proprio del crimine che avrebbe dovuto aiutare a fermare.

Quel pensiero rovinò il suo bagno perfettamente riuscito. Si strofinò frettolosamente il corpo e si lavò i capelli prima di uscire e radersi, sentendosi irritato per tutto il tempo. Una volta finito, raccolse i vestiti che George gli aveva lasciato. Si era appena infilato i pantaloni quando Zehra apparve sulla porta, indossando solo la *chemise* e tenendo una coperta intorno alle spalle.

Lo sguardo della giovane scese sul corpo di Lawrence, poi risalì, prima che il suo viso si colorisse di un incantevole rossore. Lawrence non poté fare a meno di sorridere. Non si era mai vergognato del suo corpo ed era consapevole che le donne lo trovassero attraente. Aveva preso da suo fratello maggiore, Lucien, in questo e in altre cose. Entrambi avevano passato anni a portarsi a letto un numero di donne tale da far arrossire Don

Giovanni, e lui era sfuggito per un pelo a più di un viaggio forzato verso l'altare.

«Va tutto bene?» le chiese, rimanendo a distanza di sicurezza. L'ultima cosa che voleva era spaventarla dopo tutto quello che aveva passato.

«Sì. Mi sono svegliata e ho scoperto che non c'eravate più e...» Era ancora rossa in viso, mentre stringeva la coperta intorno a sé. I suoi capelli scuri erano sciolti e le cadevano sulle spalle. Lawrence non poteva dimenticare la sensazione delle sue dita che scivolavano tra quelle ciocche folte e lucide. Voleva così disperatamente infilare la mano tra i capelli di lei e tirarle indietro la testa per baciarla. Il suo corpo si irrigidì e si costrinse a ignorare la sua eccitazione, il che era quasi impossibile.

«Non vi lascerei mai sola. Tutto il mio personale è qui, se mai doveste sentire per un momento di avere paura o...»

«Non ho paura» lo interruppe Zehra con uno sguardo di sfida. «Dopo tutto quello che ho visto... non ho paura.»

Lawrence non la corresse ribadendo che anche un'anima coraggiosa poteva provare paura. Come aveva sentito dire una volta da suo padre, il coraggio non era l'assenza di paura, ma il coraggio di affrontarla. Quella giovane sembrava pronta ad affrontare l'inferno stesso, perché ci era già passata.

«Se volete, tra un'ora potremo fare colazione nella

sala da pranzo al piano di sotto. I miei domestici vi prepareranno un bagno.»

«Qui?» chiese lei, dando un'occhiata al camerino.

«Ehm... sì, o nella stanza di fronte, se lo desiderate. Non so quali siano le vostre abitudini, ma farò del mio meglio per accontentarvi.»

Lo sguardo misterioso di Zehra si posò di nuovo su di lui e annuì. «Farò il bagno qui.»

La cosa non avrebbe dovuto piacere a Lawrence, ma lo fece. In genere non gli piaceva l'idea di condividere i suoi spazi con qualcuno, tanto meno con una donna. Fino a quel momento aveva tenuto le sue amanti in case di lusso dall'altra parte della città, evitando l'intimità a lungo termine derivante dalla condivisione degli spazi. Con Zehra, invece, la voleva vicina e a portata di mano. Anche dall'altra parte del corridoio gli sembrava troppo lontana. Ripeteva a sé stesso che era solo per la preoccupazione della sua sicurezza, ma una parte di lui lo definiva un bugiardo.

«Datemi solo un momento. Finirò di vestirmi e manderò dei camerieri ad attingere acqua fresca.» Immaginare Zehra nuda nella vasca di rame lo faceva ardere, e avrebbe dovuto lasciare la stanza o affrontare di nuovo quella tentazione.

Non sedurla. Sii un gentiluomo. Si merita questo da te.

Zehra uscì dal camerino, lasciandogli un minuto per

sistemarsi. Dopo essersi vestito, Lawrence uscì e la trovò accanto al fuoco appena acceso, con un libro in mano.

«State leggendo un po'?» Lawrence trasalì, rimpiangendo la pessima scelta di parole. Non c'erano libri a bordo delle navi negriere. «Mi dispiace. Non volevo...»

Zehra alzò lo sguardo, con un lieve sorriso sulle labbra. «Va tutto bene. Capisco cosa intendevate dire. E questo è certamente un libro interessante. Questa donna si ritrova bloccata su un'isola dopo che la sua nave si è infranta sugli scogli. Nuota verso la riva, ma è completamente sola, finché non scorge una figura su una collina lontana...»

«Ah... avete scoperto il mio segreto.» Lawrence riconobbe il libro. Si intitolava *Lady Isabelle and the Lord of the Dark Isle*, un'opera di L. R. Gloucester, un romanzo gotico piuttosto passionale.

«Il vostro segreto?» Gli occhi di Zehra si restrinsero.

Lawrence ridacchiò. «Sì, mi piace leggere romanzi. Questo è un po'... beh, non vi voglio rovinare la sorpresa.» Non vedeva l'ora di vedere cosa Zehra avrebbe pensato quando sarebbe arrivata alla scena in cui il signore misterioso faceva l'amore con Isabelle in biblioteca dopo la cena al castello. Zehra avrebbe trovato piacere in questo? O si sarebbe indignata e scandalizzata? Sperava che fosse la prima. Non sembrava il tipo di donna che aborriva il piacere; c'era in lei un'apertura e una sensualità che lui non poteva non notare.

«Hmm.» Zehra riportò l'attenzione sul libro ma Lawrence ebbe la netta sensazione che nel momento in cui le avesse voltato le spalle, lei lo avrebbe guardato.

Apprezzi la vista, signorina Darzi, perché mi assicurerò di fare lo stesso.

Con un sorriso sornione, Lawrence uscì dalle sue stanze e chiamò un cameriere per riempire di nuovo la vasca. Trovò anche una delle cameriere del piano di sopra, una ragazza di nome Eva, che si occupasse di Zehra per il momento, mentre cercavano una cameriera vera e propria.

Quando arrivò in fondo alle scale ed entrò nel suo studio, si fermò di colpo. Qualcuno era seduto alla sua scrivania e stava esaminando dei fogli. Avery alzò lo sguardo con un'espressione colma di delusione, proprio come Lawrence si aspettava.

«Come diavolo hai fatto a entrare qui? MacTavish mi avrebbe mandato a chiamare.»

Avery si schernì. «Non è probabile, fratello. Se il vecchio MacTavish mi avesse sentito, non potrei svolgere il mio compito.»

Lawrence incrociò le braccia sul petto, aspettando che il suo fratellino, tra l'altro una dannata spia, cominciasse a *fargli* la predica sulla moralità.

«Allora?» gli chiese Avery con aspettativa, ancora seduto alla scrivania di Lawrence. La posizione di controllo era a favore di Avery e a Lawrence non piaceva affatto.

«Beh, cosa?» ribatté Lawrence di scatto. Dannazione, a volte Avery si comportava proprio come il loro padre. Era l'unico figlio dell'intera nidiata che aveva preso da lui. Questo faceva di Avery il preferito della madre.

«Ebbene, dov'è? La tua *schiava*?»

«Quale schiava?» disse Lawrence. Non vedeva l'utilità di rendergli le cose facili.

«Quella per cui hai pagato settemila maledette sterline! *Quella* schiava!» Le ultime due parole di Avery grondavano di un'indignazione silenziosa che sconvolse Lawrence. Lawrence era un po' un violento, lo sapeva. Probabilmente era il peggiore dei fratelli, ora che Lucien si era sistemato. Ma di certo Avery non poteva pensare veramente che potesse comprare una schiava?

«Non è una schiava» ringhiò Lawrence. «L'ho salvata. I tuoi dannati uomini sono arrivati tardi, quell'asta maledetta era già iniziata. Non potevo permettere che uno di quegli uomini la portasse via. Sarebbe stata...» Si rifiutò di completare la frase.

La rabbia di Avery sembrò placarsi. «Fantastico. Quindi l'hai portata negli uffici di Bow Street dopo averne garantito la sicurezza?»

«No, aspetta...»

Avery si alzò in piedi e spinse con forza il fratello contro il muro.

«*Dov'è?*» gridò Avery.

La facilità con cui era stato sottomesso ricordava a Lawrence quanto potesse essere pericoloso un agente della Corona. Non era abituato a vedere quel lato di suo fratello, ma dopo un momento di shock si riprese.

«Toglimi le tue dannate mani di dosso o aiutami...»

«Cosa?» Avery lo sfidò, minacciandolo. Ancora una volta, Lawrence fu colpito da quel cambiamento nel tono del fratello. Era come un dannato dio vendicativo.

«Avery, che diavolo di problema hai? Sai che non farei mai del male a una donna o...»

Avery sibilò, ma lo lasciò andare e indietreggiò per percorrere la lunghezza dello studio.

«Mi dispiace, Lawrence. È solo che... dopo quello che ho passato ieri sera...» Il volto di Avery cambiò, il dolore gli scolpì i lineamenti. «Abbiamo trovato dei *corpi* che galleggiavano nel porto. Questo è stato in parte il motivo del nostro ritardo. Devono essere morti prima che la nave attraccasse. Sono stati trasportati dalle maree. Non riesco a chiudere gli occhi senza immaginare quelle povere donne nelle loro ultime ore...»

Dolore e rabbia si mescolarono negli occhi di Avery mentre si concentrava nuovamente sul fratello. Per la prima volta, Lawrence si permise di percepire la profondità dell'orrore di ciò che era accaduto a Zehra. Ciò che doveva aver visto, quello che doveva aver sofferto. Gli si rivoltò lo stomaco. Era stato peggiore di quanto avesse mai immaginato.

«Dov'è?» Il tono di Avery era più pacato.

«Di sopra, a fare un bagno caldo. Mi sono preso cura di lei, niente di più. Lo giuro.» Poteva essere una maledetta canaglia ma sua madre gli aveva insegnato una cosa su tutte: *quando ti imbatti in una donna in difficoltà, fai l'eroe come meglio puoi.*

Avery sospirò passandosi una mano tra i capelli, che erano più baciati dal sole rispetto a quelli rosso scuro degli altri fratelli.

«Dovrà tornare indietro. Lo sai, vero? Non può restare qui. Non c'è posto per lei. Se venisse fuori, potrebbe rovinare i colloqui di pace e le trattative commerciali che stiamo tentando in questo momento con la Persia. I rapporti con loro sono già abbastanza tesi. Se scoprissero che permettiamo la vendita della loro gente come schiavi, i negoziati potrebbero fallire e potrebbe scoppiare una guerra.»

Lawrence deglutì l'improvviso groppo in gola. Rimandarla indietro? Non sarebbe stata al sicuro.

«Le ho dato la mia parola che poteva stare con me se lo desiderava» spiegò Lawrence. Non era sicuro che fosse il caso di menzionare il pericolo in cui Zehra si sarebbe potuta trovare, non ancora.

«È stato generoso da parte tua, ma non puoi. Che cosa farà a Londra? Non ha amici, non ha uno scopo se non quello di intrattenerti. Ti conosco, Lawrence. Se è come le altre donne che abbiamo salvato dall'asta della *White House*, deve essere stupefacente, e sappiamo entrambi che hai poco, se non alcun autocontrollo quando si tratta di donne.»

Lawrence ringhiò. «Non è giusto.»

«Ricordi Horatia? Ti sei lasciato trasportare dalla futura moglie del nostro stesso fratello e l'hai baciata, contro la sua volontà.»

Lawrence gemette. «È stato su insistenza di nostra madre. Eri presente! Mi disse di sedurre Horatia per far ingelosire Lucien. L'ho solo baciata...» Eppure, si era sentito un mascalzone per questo. Horatia Sheridan lo aveva respinto come se fosse un pirata selvaggio che cercava di violentarla. Voleva solo che Lucien li vedesse insieme, in modo che fosse abbastanza geloso da reclamare Horatia come sua.

La mamma e i suoi piani maledetti di farci sposare...

«Ti prego, non costringermi a portarla al porto, Avery. Credo che si troverebbe bene in Inghilterra con il tempo necessario.»

«Per l'amor di Dio, Lawrence, quella ragazza non è un cucciolo smarrito.»

«Accidenti, fratello, smettila di distorcere le mie

parole. Parla correntemente l'inglese. Potrei presentarle Horatia, forse anche Emily e le altre signore...»

Avery si schernì: «Presentare una donna comune proveniente da chissà dove in Persia a una duchessa? Lawrence, sei impazzito.»

«Non è una *persona comune*, Avery. È una principessa, o qualcosa del genere.»

Avery scosse la testa e appoggiò una mano sulla poltrona più vicina. «Sei un ingenuo. Permettimi di azzardare un'ipotesi: te l'ha detto il banditore alla *White House*?» Lawrence non rispose. «Dicono cose del genere su tutte quelle donne. Le rendono più esotiche e desiderabili per gli offerenti. Non è speciale, Lawrence, è come le altre donne che hanno portato qui. Donne spaventate e strappate dalle loro case, che meritano rispetto e rimpatrio. Stiamo facendo del nostro meglio per aiutarle e farle rimpatriare.»

«Lì non sarà al sicuro...» iniziò Lawrence ma Avery lo interruppe.

«Hai sviluppato un'idea sciocca di fare l'eroe per lei, ma non ti permetterò di rovinare la tua vita *o la* sua lasciandoti affezionare. Lei non è un *giocattolo*.»

Lawrence, furioso, reagì senza pensare. Il suo pugno colpì Avery in un occhio, facendolo inciampare all'indietro, imprecando, prima che potesse sollevare i pugni per difendersi.

«Vuoi davvero farlo prima di colazione?» Avery

scattò. «Sai già come andrà a finire. E poi cosa direbbe la mamma?»

«La mamma direbbe che è meglio di no!» dichiarò una voce femminile, proveniente dalla porta dello studio di Lawrence. I due fratelli si voltarono a guardare con orrore la madre, che li fulminava con lo sguardo. Lady Russell era arrivata.

Capitolo Cinque

Jane Russell era una donna splendida di cinquantadue anni, con i capelli rosso scuro e gli occhi nocciola. Lawrence, tuttavia, non si lasciava ingannare dalla bellezza di sua madre. Sapeva che era una delle matriarche più agguerrite di tutto il *ton* quando si trattava di progetti, specialmente quelli di natura matrimoniale. Aveva anche la straordinaria capacità di apparire nella vita dei suoi figli quando meno se lo aspettavano. Come in quel momento.

«Tutti entrano in casa mia senza bussare? Dove diavolo è MacTavish e perché non fa il suo dannato lavoro?» Lawrence fletteva la mano dolorante e Avery si strofinava l'occhio dolorante, lanciando occhiate al fratello.

«Un buon maggiordomo sa bene che non deve fermare la madre di un uomo davanti alla porta di casa.»

Jane tirò la punta dei suoi guanti, togliendoli mentre fissava i figli, con un sopracciglio rossastro inarcato in segno di disapprovazione. «Perché state litigando?»

Lawrence e Avery si scambiarono uno sguardo. Avery si rivolse a Lawrence scotendo la testa così lievemente che la madre non se ne accorse.

Stai zitto.

Lawrence era d'accordo. La madre non poteva sapere per cosa stavano litigando.

«Un po' di sciocchezze tra fratelli, vero, Avery?» chiese Lawrence, con tono disinvolto.

«Sì. *Sciocchezze* tra fratelli» intervenne Avery, sottolineando la parola, e poi, rivolgendo le spalle alla madre, ne bofonchiò altre cinque: «*Una settimana e deve andarsene.*»

Una settimana? Lawrence non poteva permettere che Zehra se ne andasse, non in Persia, per lo meno. I suoi genitori erano stati uccisi davanti ai suoi occhi. Non sarebbe mai stata al sicuro lì. Sarebbe finita di nuovo sul palco di un banditore da qualche altra parte e lui non avrebbe potuto aiutarla. Avrebbe dovuto spiegare ad Avery il pericolo che Zehra correva, ma non era il momento, non con la madre che li fissava.

«Lawrence, smettila di essere accigliato: rovina il tuo bell'aspetto. Non troverai mai una moglie con un'espressione così acida» sbottò la madre. «Ora, ho portato buone notizie e vorrei condividerle con voi a colazione.»

Jane si girò e uscì dallo studio, aspettandosi chiaramente che i figli la seguissero.

Avery e Lawrence aspettarono che la madre non potesse sentirli.

«Me la restituirai tra una settimana. Mi assicurerò che abbia i fondi e i mezzi per tornare a casa sana e salva» sussurrò Avery.

«È proprio così» ribatté Lawrence. «Non ha una casa. I suoi genitori sono stati uccisi da un uomo di cui si fidavano. È riuscita a malapena a uscirne viva, per poi essere rapita e venduta. Non è un posto dove può tornare in sicurezza. Finirà per essere venduta da qualche altra parte, se non addirittura uccisa.»

Avery pose una mano sulla spalla del fratello. «Capisco. Ti sei comportato in modo sorprendentemente nobile, fratello.» Lawrence trasalì. Non era un dannato eroe ma non era nemmeno un bastardo. Avery non notò la sua reazione e continuò. «Ma i tuoi compiti sono terminati. L'organizzazione che l'ha portata qui è stata distrutta. Ti assicuro che ora sarà al sicuro. Non che la mia gente non abbia contatti in Persia. Prometto di vederla sistemata e accudita in modo sicuro.»

Lawrence non si fidava di quei collegamenti. Si sentiva responsabile per la sua Zehra. Lasciarla andare via gli sembrava un'idea terribile.

«Mi hai sentito, Lawrence? Sarò costretto a venire a prenderla se non me la porti.»

Avery fissò il fratello ma Lawrence non rispose, tanto meno indietreggiò. Avery poteva essere una spia ma Lawrence era ancora il fratello maggiore. Non aveva intenzione di perdere quella guerra silenziosa.

«Dì alla mamma che mi dispiace di aver perso la colazione.» Avery se ne andò, lasciando il fratello in piedi, con le mani strette a pugno. Lawrence fece diversi respiri lenti prima di sentirsi abbastanza calmo da andare in sala da pranzo. Sua madre era già seduta a tavola, stava mangiando un uovo in camicia e qualche pezzo di pane tostato con la marmellata.

«Vieni a sederti, mio caro.» Jane accarezzò la sedia accanto a lei.

«Madre, sapete quanto mi piace vedervi, ma...»

Jane ridacchiò. «Sono certa di aver interrotto qualcosa, forse una tresca con un'amante, ma può aspettare. Ti siederai e mangerai con me mentre ti spiego le novità.»

Lawrence si accasciò su una sedia, gemendo, ma non mangiò. Avrebbe aspettato Zehra.

«Beh, che notizie avete?»

Sua madre lo guardò dall'alto in basso, come se fosse tentata di ricordargli il suo posto, ma non lo fece. «Tuo fratello Lucien è sistemato e felice, con un bambino in arrivo. Voglio questo per *tutti* i miei figli.»

«Fatemi indovinare. Avete trovato una ragazza che sarebbe perfetta per me?»

«Esattamente.» Gli rivolse un sorriso accattivante. «È adorabile e intelligente, un vero tesoro.»

Lawrence si chinò in avanti, appoggiando le braccia sul tavolo. «Sono sicuro che questa donna è adorabile, madre, ma non sono pronto a sistemarmi.»

«Diceva così anche tuo fratello.» Jane bevve un sorso di tè come se cercasse di nascondere un sorriso.

«Lucien era già follemente innamorato della sua futura moglie. Semplicemente si rifiutava di riconoscerlo. Non mi sono mai sentito così con nessuna donna.»

Lawrence giocherellò con una tazza da tè vuota, lo sguardo non concentrato mentre tracciava con il pollice il disegno bianco e blu sulla porcellana. *Se prendessi Zehra e scappassi a Brighton o in un posto lontano, non dovremmo preoccuparci di queste sciocchezze.* L'idea di portare Zehra in un posto dove potessero stare da soli era così allettante in quel momento che Lawrence dovette costringersi a rimanere sulla sedia.

«Non si può trovare una futura moglie struggendosi in questo modo.»

«Ho ventinove anni, madre. Un uomo della mia età non si strugge. Inoltre, ho molta fortuna con le donne.»

«Fortuna? Santo cielo, caro, essere scapolo e avere un'amante non è una fortuna. Qualsiasi donna rispettabile con due occhi in testa ti vorrebbe. Sei attraente e benestante, ma non è questo che voglio per te. Dovresti essere felice.»

«Lo sono!» esclamò Lawrence.

«Non lo sei. Se lo fossi non ringhieresti come un vecchio spaniel brontolone. Ti stai struggendo e non vuoi ammetterlo.»

«Il desiderio implica che ci sia una donna che amo e che non posso avere, e non è certo questo il caso.» Anche mentre parlava, Lawrence non poteva fare a meno di pensare a Zehra, una donna che desiderava disperatamente. Ma sapeva abbastanza bene da non confondere questo con l'amore.

«Beh, forse dovrebbe esserlo. Gli uomini migliorano sempre quando si sposano. Una moglie ti sistema, ti dà uno scopo e una gioia.»

Lawrence ridacchiò. «Solo per alcuni. Voi siete stata fortunata quando avete sposato mio padre. Altri sono così sciocchi da sposarsi per soldi o per l'avanzamento sociale. Non puoi trovare una donna all'Almack dopo un solo ballo e sapere che è quella con cui vuoi passare il resto della tua vita.»

«Certamente. È proprio così che ho conosciuto tuo padre.»

Suo padre. Il marito perfetto, il padre perfetto: l'ombra che ha lasciato sui suoi figli era troppo grande perché qualcuno potesse sfuggirgli.

«Madre, non tutti saremo all'altezza dei vostri standard. Non possiamo essere tutti come *lui*. Non sono nemmeno il vostro preferito, quindi perché perdere tempo con me?»

Il rumore acuto di una tazza da tè che tintinnava sul piattino lo fece volgere verso la donna che lo fissava con gli occhi stretti.

«Io *non* ho preferenze. Come puoi dire questo?»

Il rimpianto lo punse. «Mi dispiace, madre. È solo che... stanotte ho dormito poco. Perché non prendiamo il tè domani?» Le porse un ramoscello d'ulivo, sperando che lei accettasse. La adorava, anche quando si intrometteva continuamente nella sua vita.

Jane sorrise. «Tè?»

«O la cena, o quello che desiderate.» Lawrence si strofinò le tempie, mentre un nuovo mal di testa cominciava a martellare dietro i suoi occhi.

«Beh, stasera potresti venire al ballo di Lord Raleigh e conoscere questa giovane. Si chiama Miss Hunt.» Il luccichio intrigante era tornato negli occhi della donna e Lawrence sapeva che era meglio non resistere.

«Molto bene. Verrò. Ma un solo ballo, capito? Se la signorina Hunt non si dimostra interessante, la questione sarà chiusa.»

«Certo» acconsentì Jane. «Ora, cosa stava succedendo veramente tra te e Avery?»

Lawrence fece una smorfia e le fece un cenno con il

dito. «Oggi avrete da me solo un favore, madre. Non vi dirò altro.»

«Così sia. Ma fai attenzione, Lawrence. I legami tra fratelli dovrebbero essere per sempre. Se maltratti il tuo, potresti perderlo.»

«La stessa cosa andrebbe detta a lui» brontolò Lawrence.

«Lo farò.» Jane finì di bere il suo tè, poi raccolse i guanti e si alzò. Lawrence si alzò in piedi e si chinò a baciare la guancia della madre.

«Ci vediamo questa sera. Non fare tardi.»

«Sì, madre.» La accompagnò alla porta e la guardò uscire. Solo dopo la partenza della carrozza, tornò di corsa nelle sue stanze con un vassoio di cibo.

Zehra stava leggendo di nuovo, indossando quell'abito orribile del bordello. Beh, non era *orribile*, ma era troppo allettante nei modi sbagliati. Aveva bisogno di abiti nuovi adatti a una principessa, non di uno straccio.

«Zehra, avevo intenzione di far venire qua la modista per farvi indossare gli abiti, ma forse vi piacerebbe uscire, prendere un po' d'aria fresca?» Lawrence posò il vassoio sul tavolo e le si avvicinò.

Gli occhi di Zehra lampeggiarono di eccitazione. «Possiamo?» Posò il romanzo e in un attimo fu in piedi. Il sorriso gli fece gonfiare il cuore contro le costole. Era possibile sentirsi *troppo* felici?

«Sì, ho pensato che sarebbe stato bello trascorrere la giornata in giro per la città, comprandovi tutto quello che vi serve. Purtroppo stasera devo uscire, ma...». *Almeno potrei passare la giornata con voi.*

«Grazie, mio signore.» Zehra si precipitò verso di lui e gli avvolse le braccia intorno al collo. Per un attimo Lawrence rimase attonito, incerto su cosa fare o dire. Era un abbraccio innocente, eppure era una tentazione malvagia anche per lui. Le avvolse le braccia intorno alla vita, stringendola a sé. I capelli di lei emanavano un tenue profumo floreale e lui avrebbe desiderato immergere il naso in quelle ciocche di seta.

«Perché non fate colazione e poi prendiamo la mia carrozza per Bond Street quando sarete pronta.»

Zehra lo lasciò andare e Lawrence fece lo stesso, odiando il fatto di doverla lasciare andare. Non era proprio da lui. Non era il tipo che si aggrappava alle donne e di certo non gli piaceva che le donne gli stessero addosso, ma con Zehra stava scoprendo che le sue preferenze abituali non erano più applicabili.

La giovane si sedette sulla sedia accanto al fuoco e fece colazione. Lawrence intendeva raggiungerla sulla poltrona.

«Era vostro fratello?»

Lawrence si bloccò a quella domanda, stringendo tra le mani il libro che aveva recuperato dalla sedia prima di sedersi.

«Ehm... sì. Come lo sapete?»

Zehra inclinò la testa. «Mi sono preoccupata quando non siete tornato. Sono scesa un po' dalle scale e vi ho sentito litigare... a causa mia.» Invece di sembrare imbarazzata, incontrò lo sguardo del giovane con una risolutezza incerta.

Lawrence sapeva di doverle dire la verità. «Mio fratello è... beh... si occupa di servizi per Sua Maestà, ed è stato lui a mandarmi alla *White House*. Non dovevo fare offerte, dovevo solo osservare. Sarebbe venuto più tardi con i Bow Street Runners e un magistrato per catturare i negrieri e gli acquirenti.»

«Ed è arrabbiato perché mi avete comprata?» Gli rivolse uno sguardo ammaliante, fermo e sicuro.

«Sì, è piuttosto furioso con me.» Lawrence accarezzò il dorso del romanzo tra le mani. «I nostri temperamenti sono un po' sfuggiti di mano.»

Zehra emise un suono sommesso che assomigliava in modo sospetto a una risatina.

«Non avete fratelli e sorelle, vero?» le chiese.

Zehra sgranocchiò un pezzo di pane tostato e scosse la testa. «Mia madre ha avuto un secondo figlio, un maschio, ma è morto di febbre a sei mesi. Era un bambino bellissimo e, anche se avevo solo quattro anni quando è morto, lo adoravo. Ricordo ancora i suoi occhi marroni, caldi e luminosi come quelli di mio padre.» La sua voce divenne roca per l'emozione. Lawrence si spostò sulla sedia accanto a lei, stupito dalla facilità con cui riusciva a sedersi e a parlare con lei, anche di argomenti dolorosi.

«Mi dispiace.»

«Grazie. Come direbbe lei, ora è con Dio e sono sicura che è felice.» Zehra sollevò di nuovo gli occhi verso quelli di Lawrence che ammiro il modo in cui le ciglia scure della giovane incorniciavano quegli occhi blu brillante, quasi del colore del turchese.

«E voi? Avete un solo fratello? O ne avete altri?» Zehra aveva scacciato di nuovo i fantasmi del passato, stupendo Lawrence per la sua forza.

«Ho diversi fratelli e sorelle. Il mio fratello maggiore, Lucien, è il marchese di Rochester. Ha trentatré anni. Mio fratello Avery è più giovane di me di due anni. Ha ventisette anni. E poi c'è Linus, che ha ventuno anni, e Lysandra ne ha diciannove.»

«Così tanti?» Gli occhi di Zehra si allargarono. «Deve essere meraviglioso avere così tanti fratelli e sorelle. Mia madre aveva un fratello e una sorella, ma non ho mai avuto la possibilità di conoscerli. Mio padre era figlio unico. Mi sono sentita sola per molti versi.»

«Beh, ora non siete più sola» mormorò Lawrence. Non sarebbe mai più stata sola, se lui avesse potuto evitarlo.

«No, non sono più sola.» Gli occhi di Zehra ricominciarono a brillare e lui si maledisse, odiando di aver riportato in superficie il dolore della giovane mentre cercava di darle conforto.

Le labbra di Zehra si incurvarono in un lieve sorriso. «Dovete smettere di farlo.»

«Fare cosa?»

«Mi guardate in quel modo, come se fossi un pullo?»

«Un pullo?»

«Un falco appena nato, non ancora pronto a lasciare il nido. Non ci sono falchi qui?»

Lawrence ridacchiò. «Sì. Ma di questi tempi non sono molti i gentiluomini che si dedicano alla falconeria.»

Zehra bevve un po' della cioccolata calda che lui le aveva portato con la colazione. «Solo uomini?»

«Beh, per lo più uomini. Suppongo che qualche donna del paese possa dedicarsi a questo sport. Immagino che voi l'abbiate praticato in Persia.» La immaginava con un falco al braccio, regina degli uccelli predatori. Signore, sarebbe stata una visione stupefacente.

«Ero un'esperta. Il mio uccello, Azar, si chiamava come il fuoco. Era bellissima. Non so cosa ne sia stato di lei dopo l'incendio. Spero che gli uccelli siano scappati. Non ho lasciato lei o gli altri incappucciati di notte.»

«Sono sicuro che sta bene. Gli uccelli, soprattutto i falchi, sono creature intelligenti.»

«Già.» Si voltò verso di lui. Aveva finito l'ultimo

boccone della sua colazione. «Che cosa ha detto vostro fratello che vi ha fatto arrabbiare?»

Dannazione, sperava che se ne fosse dimenticata.

«Zehra...» cominciò Lawrence, temendo ogni parola. «Devo mandarvi a casa.»

«No!» La giovane si alzò dalla sedia e cadde ai piedi di Lawrence, stringendogli le mani tra le sue.

«Non subito! Non finché non saremo certi che sarete al sicuro.»

«No, vi prego, lasciatemi restare! Qui sarò al sicuro.»

La supplica di Zehra gli straziò il cuore. «Lo farei, ma non dipende da me. Avery è in una posizione di potere e la sua gente sta cercando di evitare un incidente con il vostro Paese. Se insiste perché voi andiate, non posso impedirgli di prendervi. L'ho convinto a concederci una settimana.»

«Una settimana...» Zehra gli strinse più forte le mani e Lawrence la incoraggiò ad alzarsi. Non voleva che quella donna si prostrasse davanti a lui o a qualsiasi altro uomo.

«Ho sette giorni per provvedere alla vostra felicità, Zehra, in qualsiasi modo possibile. Sono già venuto meno alla mia parola su tutto il resto e...» Lawrence deglutì a fatica superando il nodo in gola. Quando la guardava, sapeva che, in quel momento, non provava solo lussuria come aveva pensato all'inizio. Lei gli faceva desiderare di essere un uomo migliore, un uomo *degno* di lei. «Come ho detto, la gente di mio fratello sta facendo tutto il possibile per assicurarsi che voi siate al sicuro. Potete fidarvi di lui.»

«Sette giorni saranno sufficienti» sussurrò Zehra, e poi fece qualcosa che Lawrence non si sarebbe mai aspettato. Si chinò su di lui e gli baciò le labbra. L'incontro fu breve ma pieno di accesa speranza. Un bacio non era mai stato così, mai così reale, così eterno, eppure finì troppo presto. Quando lei si ritrasse, lui la fissò, sbalordito.

«Zehra, non dovevate pensare di doverlo fare.»

Il sorriso timido della giovane ora conteneva una punta di audacia. «Non desidero rendervi debitore nei miei confronti, né ottenere il vostro favore. Vi credo quando dite che vostro fratello ha catturato chi mi ha ridotto in schiavitù e che la sua gente farà il possibile per riportarmi a casa sana e salva. Ma se devo partire, desidero avere un po' di gioia prima di andarmene. Con voi.»

Lawrence capì quello che Zehra gli stava dicendo. Questo poteva ancora nascere dal suo desiderio disperato di restare, ma se il loro tempo insieme doveva essere così breve, perché non avrebbero dovuto goderselo?

«Come desiderate» le promise Lawrence, fissandola profondamente negli occhi. Se aveva mai avuto un momento di dubbio sul fatto che lei fosse una principessa, ora quei dubbi erano stati banditi. Non importava cosa potesse dire Avery, Zehra apparteneva a una famiglia reale.

Ti darò una settimana di gioia prima che tu parta, mia principessa.

Capitolo Sei

Lord George Lyon, conte di Denbruck, sedeva nella sua comoda poltrona di pelle in salotto, osservando i figli e le figlie con i loro mariti e mogli e i loro bambini giocare a snapdragon. I suoi occhi si beavano della vista della sua famiglia felice. A settantadue anni, l'età avanzava, ma rimanere giovani era facile quando trascorreva del tempo con i suoi nipoti.

«Padre?» Suo figlio, Archibald, si avvicinò, porgendogli una lettera. «È arrivata questa per voi. Il cameriere l'ha lasciata sul tavolo ma credo che non l'abbiate letta.»

«Grazie, Archie.» George prese la lettera, studiò il sigillo sulla pergamena e il suo cuore ebbe un sussulto. Era un sigillo che non vedeva da quasi due mesi, eppure aveva desiderato vederlo ogni giorno. Si sforzò di aprire la lettera frettolosamente, ma senza danneggiarla.

Quando iniziò a leggere, il mondo intorno a lui sembrò svanire in una nicchia grigia.

LORD DENBRUCK,

È con il cuore contrito che devo condividere la sorte di vostra figlia, Joan, e di suo marito, Rafay. Sono stati uccisi durante l'incursione di una potenza rivale della regione che ora rivendica le loro terre. Vostra nipote, Zehra, è tra i dispersi. I nostri uomini hanno cercato tra i cadaveri, ma non sono riusciti a trovarla. Crediamo che sia stata rapita, come molte delle donne del palazzo, per essere venduta come schiava. La mia missione sarà trovarla o, in caso di fallimento, almeno scoprire cosa le è successo.

Cordiali saluti,
Michael Southerby

GEORGE LASCIÒ CADERE IL BIGLIETTO DALLE DITA mentre i suoi occhi si annebbiavano di lacrime.

«Padre?» Sua figlia Elizabeth raggiunse Archie accanto all'uomo. «Che succede?»

«Prendete i più piccoli. Io...» Lord Denbruck si strozzò. «Ho bisogno di parlare con voi due da soli.»

La moglie di Archie e il marito di Elizabeth radunarono i loro figli e li portarono via. Una volta rimasti soli,

George pregò i figli di sedersi. Indicò la pergamena sul pavimento, che Archie si chinò a recuperare.

«Leggi.» George riuscì a sussurrare soltanto quella parola.

Archie scorse la lettera e gli occhi si allargarono. Senza dire altro, la consegnò alla sorella.

«Joan è morta?» Elizabeth sussultò. Archie la abbracciò per confortarla.

«Padre, cosa è successo?» La voce di Archie si fece roca per il dolore.

Ci volle tutta la forza di George per parlare con i suoi due figli e raccontare loro tutto.

«Da quando vostra sorella ha sposato Rafay Darzi, li tengo d'occhio. Il figlio di un vecchio amico, Michael Southerby, è di stanza in Persia vicino alla loro casa. Ha vegliato su Joan e Rafay ogni volta che il tempo lo permetteva.»

«Per tutti questi anni?» chiese Elizabeth. «Ci avete detto che l'avete ripudiata per aver sposato Rafay.»

Con sua vergogna e rammarico, George non si era sentito a proprio agio se la sua primogenita sposava uno straniero, anche se era uno shah del territorio. Joan aveva sposato Rafay e si era allontanata dalla sua vita inglese. Questo aveva spezzato il cuore di George e della moglie che era morta due anni dopo, con il nome di Joan sulle labbra mentre esalava l'ultimo respiro.

«Avevo detto che l'avrei fatto... ma non potevo

lasciarla andare, non senza sapere che lei e sua figlia erano al sicuro.»

«Aveva una figlia?» chiese Archie a bassa voce. «Abbiamo una nipote?»

«Sì. Zehra adesso ha vent'anni. Una bella ragazza, secondo i rapporti. Anche molto intelligente. Southerby dice che ha gli occhi di sua madre.» George ebbe un sussulto di dolore. «E ora se n'è andata. Southerby è un brav'uomo, ma temo che non riuscirà mai a rintracciarla, ammesso che sia ancora viva.»

Elizabeth si portò la mano alla bocca. «Oh Dio, oh, povera cara. Non c'è proprio nulla da fare?»

«Faremo tutto il possibile per aiutare, padre» aggiunse Archie.

George chinò il capo. «Se potessi volare indietro sulle ali del tempo fino a quella sera in cui Joan disse di aver accettato la proposta di Rafay, non l'avrei allontanata. Tutto sarebbe stato diverso se non avessi lasciato che il mio dannato orgoglio si mettesse in mezzo.»

«Noi...» Elizabeth fece una pausa per riprendersi. «Dobbiamo organizzare una funzione per Joan, e devono essere informati i suoi amici più stretti, quelli che le sono rimasti fedeli dopo lo scandalo.»

«Proprio così, sì, proprio così» mormorò George, ma la sua mente era lontana mille miglia e il suo cuore batteva di nuovo verso il passato, lottando duramente per aggrapparsi ai ricordi, quelli dei giorni di sole in cui la sua cara bambina ballava nei giardini, con il suo grembiulino sporco di terra e la sua voce soave come quella di un uccello canterino mentre cantava una ninna nanna su un usignolo.

«*Ci credi, papà?*» *chiese la bambina.*

Lui prese la manina che lei gli porgeva e si incamminarono lungo il sentiero del giardino. «*Credere a cosa?*»

Joan lo guardò raggiante, con la sua mente astuta mista a un cuore aperto. «*Che in ogni pezzo di mondo c'è, in sostanza, un'anima? E si incastrano come in un grande puzzle.*»

Come poteva non adorare una bambina così? E come poteva la sua crescita non spezzargli il cuore?

«Mia cara bambina...» George tornò in sé, rendendosi conto che Archie ed Elizabeth lo avevano lasciato solo con il suo dolore. Sollevò le mani per coprirsi il viso e pianse amaramente. Il suo orgoglio e i suoi errori gli avevano portato via per sempre la sua bambina e la sua nipotina.

«QUELLO ROSSO. E QUELLO BLU, NATURALMENTE» disse Lawrence, con gli occhi che scrutavano Zehra dalla testa ai piedi. La donna si strinse le braccia intorno alla vita mentre si trovava sulla piccola pedana di Madame Ella. Gli specchi la fiancheggiavano e lei intravedeva sé stessa che si guardava indietro con occhi stupiti. Gli abiti erano bellissimi, anzi, più che bellissimi. Erano stravaganti nella qualità, ma non esagerati negli ornamenti e nello stile.

Lawrence incrociò le braccia sul petto, girando intorno a Zehra. «Che cosa ne pensate, Madame Ella?» La modista si batteva il mento con un dito, studiando anche Zehra.

«Qualsiasi colore audace andrà bene, mio signore. Qualsiasi cosa pallida non renderebbe giustizia al suo colorito. E quegli occhi... Dovreste comprare degli zaffiri. Rifletteranno abbastanza bene quella splendida tonalità.»

«D'accordo. Prendiamo tre abiti da carrozza, quattro abiti da sera, quattro abiti da giorno, alcune *chemise* e altre sottovesti. Guanti coordinati, naturalmente. Ci fermeremo poi nei negozi di modisteria e di scarpe.»

«Davvero, Lawrence, non posso chiedere...» esordì Zehra.

«Non dite altro o raddoppio l'ordine.» Lawrence strizzò l'occhio alla modista, che si mise a ridere.

«Possiamo avere metà degli abiti tra poche ore, dato che avevamo a disposizione alcuni abiti già pronti, e il resto in pochi giorni. Se volete, potete prendere i vestiti da notte e l'abito che indossa ora.»

«Perfetto.» Lawrence aspettò che Madame Ella li lasciasse soli e poi si avvicinò alla giovane. In quel modo

Zehra si trovava alla sua stessa altezza e lei dovette ammettere che le piaceva guardarlo negli occhi. Tuttavia, quando le si avvicinò, lo stomaco le tremò per il nervosismo.

Era stata sciocca a baciarlo? Non lo pensava, ma era stato selvaggio, scandaloso e del tutto inappropriato. Se l'avesse fatto a qualcuno a casa, suo padre avrebbe combattuto contro quell'uomo per il suo onore e, se fosse sopravvissuto, l'avrebbe costretto a sposarla.

Arrossì, pensando al matrimonio con Lawrence. Non lo conosceva nemmeno, non nel modo in cui voleva conoscere l'uomo che intendeva sposare. Non che potesse sposare Lawrence o qualsiasi altro uomo, perché ormai quell'opzione era svanita per lei. Era il vero motivo per cui l'aveva baciato, per cui una disperazione così feroce di vivere almeno per un breve periodo alle sue condizioni era stata invadente. Era stato allo stesso tempo un bacio di ringraziamento, un bacio di passione e un bacio d'addio.

Forse con lui posso conoscere il piacere, la felicità, il tocco di un uomo di mia scelta prima...

Prima di essere rimandata in Persia. Anche se le persone che avevano smantellato la tratta fossero riuscite a catturare Al-Zahrani, non avrebbe trovato libertà a casa. Il patrimonio dei suoi genitori era stato depredato e lei non avrebbe potuto rivendicarlo. Al massimo avrebbe potuto trovare lavoro come popolana.

Nella peggiore delle ipotesi, Al-Zahrani era ancora libero e l'avrebbe trovata.

«Non posso fare a meno di chiedermi a cosa pensate quando sembrate così distante.» Lawrence le sollevò il mento con una mano e le passò l'altra intorno alla vita, facendo vorticare le dita sul vestito di mussola rosso rosato che la giovane indossava.

«Non vorreste conoscere i miei pensieri» rispose Zehra, con un dolore che per un attimo si fece sempre più forte dentro di lei, tanto che la tristezza quasi la consumò.

E poi le labbra di Lawrence si posarono su quelle di lei. Sebbene fosse iniziato come il bacio precedente, presto si insinuò qualcosa di più. Un calore e una fame si agitarono in Zehra fino a farle perdere ogni pensiero del passato. C'era solo lui, il suo bacio, il suo tocco, le sue braccia. Si strinse a lui, desiderando tutto ciò che poteva darle. Lawrence la strinse a sé, impedendole di cadere dalla scalinata mentre le loro labbra si separavano. Il sorriso sciocco di lui era un'eco della felicità che la riempiva e le dava un po' di vertigini.

«Perché?» gli chiese Zehra, sorridendo mentre si mordeva il labbro.

«Mio padre diceva sempre che un buon bacio può

curare tutto. Soprattutto un attacco di diavoli blu[1].» Le accarezzò il naso con un polpastrello. I suoi occhi nocciola erano allegri, come la luce del fuoco che si riflette sul miele.

«Diavoli blu?» Zehra non aveva mai sentito un modo di dire così sciocco.

«È quando ci si sente un po' giù. Ha funzionato?»

«Oh!» La giovane ridacchiò. «Sì, è proprio così.» Era bastato un bel bacio e aveva quasi dimenticato ciò che la angosciava.

«Bene.» Lawrence le sfiorò le labbra con il polpastrello del pollice, tenendo gli occhi fissi su di lei come se stesse pensando di baciarla di nuovo. Non le sarebbe dispiaciuto, se non fosse che la sarta si schiarì la voce alle spalle di Lawrence.

«L'abito e gli altri vestiti sono già pronti. Se lo desiderate, posso farli recapitare a casa vostra questo pomeriggio.» Madame Ella sollevò una mano per sistemare una ciocca dei suoi capelli scuri e argentei.

«Grazie, sarebbe preferibile» disse Lawrence senza preoccuparsi di guardare la modista. Zehra arrossì quando lui la prese per la vita e la fece scendere. Si trattenne un attimo troppo a lungo, abbastanza da farle

---

1. Espressione per indicare un attacco di depressione o di malinconia.

respirare il suo profumo e sentire il calore del suo corpo alto e forte.

«E le scarpe, i cappelli e i gioielli?» chiese la donna, con un sorriso travolgente.

«Davvero, Lawrence, non dovete» protestò la giovane.

«Sciocchezze, Zehra. Madame Ella ha ragione. Il vostro bel collo richiede zaffiri.» Zehra si lasciò accompagnare fuori dal negozio di vestiti. Nonostante la giovane indossasse un bel vestito di mussola a righe bianche e rosse, si sentì stranamente esposta mentre mettevano piede in strada.

A casa aveva vissuto una vita di clausura. Era stata tenuta lontana dalla maggior parte degli uomini, tranne che da suo padre e dagli amici dei suoi genitori. Ma allo stesso tempo, aveva avuto la libertà di prendere il suo cavallo e di cavalcare sulle colline dietro il palazzo paterno e di trascorrere ore a leggere al sole o a studiare, distesa su una coperta.

Lì non aveva quella libertà. Londra era piena di gente, di coppie, di servitori, di uomini a cavallo e di carrozze che passavano rumorosamente. Era affollata, rumorosa e un po' opprimente. Quando ebbero finito con le scarpe, i gioielli e i cappelli, a Zehra faceva male la testa per tutti i rumori che la circondavano.

«Vi sentite bene?» le chiese Lawrence mentre risalivano in carrozza.

«Sì, non sono abituata a questa... frenesia.» Si toccò le tempie con la punta delle dita.

«Vi riporto a casa per riposare? Possiamo cenare con calma prima che io debba andare.»

Zehra si mise a sedere, preoccupata. «Andare?» Non voleva aggrapparsi a lui, ma era l'unica persona che conosceva e di cui si fidava in quel paese nuovo e travolgente.

L'espressione felice di Lawrence scomparve. «Temo che stasera dovrò partecipare a un ballo. Non starò via molto, spero. Forse due ore.»

«Un ballo?» Zehra non riuscì a nascondere la speranza nel tono della sua voce. Sua madre le raccontava sempre le storie più belle sulle serate a cui aveva partecipato, sugli abiti splendidi che aveva indossato, sui balli, sui bei signori e sulla musica...

«Sì, ho promesso a mia madre che sarei andato.» Il tono aspro nel tono di Lawrence lo fece sembrare un ragazzino, e lei rise.

«Non vi piacciono i balli?» gli chiese.

«*Come* i balli?» Lawrence si schernì. «Che cosa mai c'è da apprezzare in loro?»

Zehra arrossì. «Beh, mi hanno detto che sono belli e piacevoli. La luce delle candele, i balli, la musica...» Si interruppe quando notò che lui la stava osservando attentamente. Lawrence si piegò in avanti.

«Ci siete mai stata?»

Zehra scosse la testa. «Ne ho sentito parlare e ho desiderato andarci fin da bambina, ma non fanno parte delle usanze del mio Paese. Gli uomini e le donne non possono ballare e tenersi stretti o toccarsi.»

Lawrence rimase in silenzio per un istante. Poi rise dolcemente. Il suono ricco e profondo le provocò brividi deliziosi.

«Neanche noi dovremmo stare vicini, tranne che durante il valzer, ovviamente.» Mentre parlava, Lawrence le si avvicinò, colmando la distanza tra di loro e prendendole le mani tra le sue. «Domani potremo andare a Richmond e fare un vero e proprio picnic. Ci sono delle belle colline con una bella vista. Potremmo divertirci lontano dal trambusto della città. Che ne pensate?»

«Sembra meraviglioso.»

«Eccellente.» Lawrence sorrise, ma Zehra notò che lo sguardo felice del giovane era offuscato da una punta di malinconia.

Mancavano sette giorni. Era tutto ciò che lei aveva.

Devo sfruttarli al massimo.

Capitolo Sette

*D*annati balli.

Lawrence odiava indossare le braghe al ginocchio obbligatorie per i balli e le danze. Preferiva di gran lunga il taglio di un buon paio di pantaloni. Non era un dandy che amava il lusso, ma gli piaceva apparire come un gentiluomo, anche se il suo comportamento suggeriva che non lo fosse.

«Sa che non voglio stare qui» mormorò Lawrence al fratello Lucien, appoggiato alla parete di fondo accanto a lui. Uno accanto all'altro sarebbero potuto essere scambiati per gemelli, se non si fosse saputo che avevano quattro anni di differenza.

Lucien ridacchiò. «*Nessuno* di noi vorrebbe essere qui. Ma conosci nostra madre. Quella donna sa esattamente cosa dire per farci fare quello che vuole.»

«Che cosa ha detto per farti venire?» chiese Lawrence. Anche a trentatré anni, Lucien si piegava ai dettami della madre, come facevano tutti.

«Mi ha ricordato che Horatia non avrà la possibilità di danzare a fine estate o in autunno a causa della sua gravidanza. Non ho intenzione di rinchiudere mia moglie, ma la mamma ha ragione a dire che non potrà ballare. Pertanto, accetterò tutti gli impegni sociali a cui Horatia vorrà partecipare finché potrà farlo.»

Lawrence fece un cenno verso una figura lontana, una brunetta che stava ballando con Linus, il loro fratello più giovane. La giovane era raggiante, il suo viso era illuminato dal piacere puro della danza. Il cuore di Lawrence ebbe un piccolo sussulto. Avrebbe voluto portare Zehra lì quella sera ma Avery aveva ragione. Non aveva conoscenze, non aveva modo di essere inserita nella società in modo adeguato. Sarebbe stata vista come la sua amante, o peggio, e non poteva essere presentata alle signore di buona famiglia. Tutto ciò che lei desiderava era partecipare a un ballo, e lui non poteva darle nemmeno quello.

O forse sì? Un piano lo colse di sorpresa. Un piano che lo rendeva quasi euforico per le sue possibilità.

Al termine del ballo, Horatia e Linus si avvicinarono.

«Horatia, posso parlarti un momento?» le chiese Lawrence.

Gli occhi della cognata si allargarono per la sorpresa. L'ultima volta che Lawrence era rimasto solo con lei, aveva cercato di baciarla per far ingelosire Lucien, e il suo tentativo in buona fede di far incontrare i piccioncini non era stato gradito. Tuttavia, tutto era stato spiegato e perdonato. Sperava.

«Suppongo di sì.» Le guance della giovane erano ancora arrossate dal ballo e fece un cenno a Lucien, che strinse lo sguardo ma la lasciò andare con riluttanza.

Lawrence portò Horatia in un'alcova della sala da ballo dei Raleigh, dove nessuno avrebbe potuto sentirli.

«Horatia, temo che io debba chiederti un favore molto importante.»

«Sì?» Gli occhi marroni della giovane erano caldi e accoglienti. Era l'opposto di suo marito. Lucien amava rimuginare sulle cose, eppure sembrava che insieme funzionassero.

Come sembriamo essere io e Zehra. Il pensiero pericoloso gli passò per la testa prima che potesse fermarlo.

«Io... l'altro giorno stavo assistendo Avery nei suoi compiti. C'è stata un'asta alla *White House*.»

Lawrence aspettò di vedere se la cognata avesse capito cosa lui stesse alludendo.

«Un'asta» ripeté lei, con il volto sempre più rosso.

«Sì, e sperava di trovare uomini che acquistassero determinate *merci*. Ho cercato di salvare una di queste *merci*, che in questo momento si trova a casa mia, sotto la mia protezione.»

«Credo di capire» disse Horatia, con un tono pacato.

«Questo *oggetto* è molto solitario e onestamente molto bello, non solo nel volto e nella forma, ma anche nella mente. E...» Fece una pausa, abbandonando ogni finzione e preparandosi al rifiuto. «Potresti aiutarmi a soddisfarla? Non resterà a lungo in Inghilterra e le piacerebbe partecipare a un ballo prima di partire. Voglio renderla felice. Dopo tutto quello che ha passato, se lo merita.»

«E vuoi che ti aiuti? In che modo esattamente?»

Horatia non aveva rifiutato del tutto la sua idea. Questo era promettente.

«Forse tu, Lucien e qualcun altro potreste venire a cena qualche volta questa settimana e potremmo ballare un po'? Ho un salotto di discrete dimensioni. Potremmo spostare le sedie e qualcuno potrebbe suonare il pianoforte.» Sembrava irrimediabilmente sciocco, ma la giovane non rifiutò quell'idea. «So che sembra terribile, ma ti giuro che non è quello che ti aspetti, e di certo non è una...» Deglutì la parola *prostituta*. «È stata portata via da casa sua contro la sua volontà. Per questo è stato coinvolto Avery. Io...» Si passò una mano tra i capelli. «Ti prego, ti *supplico*.» Si allungò per afferrarle le mani, pronto a inginocchiarsi nel bel mezzo del ballo dei Raleigh. *Al diavolo lo scandalo.*

Horatia sorrise. «Lawrence, per favore. Non devi preoccuparti. Sarò lieta di aiutarti. Sto solo cercando di decidere come procedere. Dovrei parlare con Emily e...».

«No. Non Emily. Non posso coinvolgerla» tagliò corto Lawrence. Se mai si fosse saputo che la Duchessa di Essex era andata a un ballo privato con una donna comprata... Non voleva macchiare la reputazione di Emily associandola alla situazione di Zehra. Per non parlare del fatto che il marito, il Duca di Essex, lo avrebbe picchiato a sangue se la reputazione della moglie fosse stata danneggiata.

Gli occhi di Horatia scintillarono. «Lawrence, ormai dovresti sapere che Emily fa quello che vuole. Inoltre, non è nuova al fatto di essere stata rapita e trattenuta contro la sua volontà. Semmai avrebbero molto di cui parlare.»

Lawrence si rilassò un po' e si sorprese a sorridere. «Se desidera aiutarci, accetterò volentieri. Ma devi spiegarle per filo e per segno la situazione. Non voglio trovarmi ad affrontare Lord Essex sul campo all'alba per un malinteso.»

Horatia ridacchiò. «Stai tranquillo, il *Circolo delle Signore Ribelli* si occuperà del caso.»

In quel momento Lucien si avvicinò, accigliato. «*Il Circolo delle Signore Ribelli*? Cara, non dirmi che ti stai dedicando a qualcosa che ti metterà nei guai.» Gli occhi di Lucien erano fissi su Lawrence, l'avvertimento era chiaramente rivolto a lui.

«Non devi preoccuparti, non sono affari tuoi.» Horatia infilò il braccio in quello di Lucien e gli si appoggiò al fianco. «Ora vieni, mi hai promesso il prossimo valzer.»

Lo sguardo di Lucien si addolcì e guardò la moglie. «Sì.» Rivolgendo un sorriso rassicurante a Lawrence, Horatia condusse Lucien verso la pista da ballo.

Lawrence guardò la coppia ballare il valzer, cercando di combattere un'ondata di malinconia. *Io e Zehra non balleremo mai così. Ma forse lei potrà avere un po' di felicità prima di lasciarmi per sempre.*

Si diede una piccola scrollata. Da quando era diventato uno sciocco romantico?

«Ah, Lawrence! Eccoti qui!» Sua madre si fece strada a gomitate tra un gruppo di giovani non appena lo vide. «Devi smetterla di nasconderti così. Sono troppo vecchia per giocare a nascondino.»

«Buonasera, madre.» Lawrence sospirò quando Jane lo raggiunse. Per quasi un'ora era riuscito a non farsi vedere. Sua madre teneva in mano un ventaglio, che teneva chiuso in una mano e con il quale lo aveva colpito sonoramente sulla spalla.

«Non hai ancora ballato con la signorina Hunt. So che hai firmato il suo biglietto per il prossimo ballo, quindi vai a prepararti.»

«Sì, madre» disse con un ringhio e le passò davanti per dirigersi verso una folla di giovani donne. La signorina Hunt, una donna dai capelli chiari, stava parlando animatamente con due sue amiche quando lui le si avvicinò. Tutte tacquero, una si fermò, come uno storno spaventato.

«Signorina Hunt.» Lawrence fece un inchino elegante. «Il prossimo ballo è mio, credo.» Le amiche della giovane si dispersero, lasciandola sola. Lei arrossì e accettò la mano. Camminarono ai margini della folla, aspettando che il valzer finisse.

«So perché siete qui, signor Russell» disse la giovane con voce sommessa.

Lawrence alzò un sopracciglio mentre entrambi applaudivano alla fine del ballo. «E voi?»

La signorina Hunt ridacchiò. «Vostra madre e mio padre sono convinti che siamo una bella coppia. Mio padre vuole a tutti i costi che io mi sposi.» Lei gli lanciò un'occhiata e lui vide un bagliore nei suoi occhi.

«Non è poi così sorprendente. Il matrimonio non è l'obiettivo di tutte le donne?» la prese in giro.

«Sono certa che lo sia per molte donne, ma non per me» rispose la giovane con un'onestà sorprendente.

«Oh?» Ora Lawrence era curioso. «E qual è il vostro obiettivo, signorina Hunt?»

Questa volta, la sua compagna di ballo fu meno disponibile e la sua risposta fu molto più silenziosa.

«Essere libera.» Il divertimento negli occhi della giovane lasciò il posto alla malinconia.

Lawrence non poté fare a meno di sentire un'eco del sogno di Zehra nella signorina Hunt. Era una donna dolce, più che bella, e avrebbe dovuto divertirsi. Forse era il caso di stuzzicarla un po' di più per strapparle un sorriso? Non desiderava ballare con una donna dall'aspetto così triste.

«Quindi non sono all'altezza, eh? Troppo alto e bello, suppongo?» Lawrence gonfiò il petto in una beffarda dimostrazione di orgoglio mentre si posizionava davanti a lei per ballare. Lei ridacchiò, ma soffocò subito il suono quando le signore accanto a loro la fissarono. Quando iniziò il ballo, si mossero intorno alle altre coppie e tornarono insieme, lasciando alla signorina Hunt il tempo di rispondere.

«Penso che siate un uomo molto bello, naturalmente, ma probabilmente troppo problematico da domare come marito. Inoltre, mia sorella» fece un cenno a un'altra donna circondata da un gruppo di uomini impazienti che si contendevano la sua attenzione «vorrebbe rubarvi a me se pensasse che sono interessata.»

Lawrence studiò l'altra giovane. Era chiaro che fosse la sorella minore e, a giudicare dal suo sorriso raggiante e altero, preferiva essere al centro dell'attenzione.

«Cercate un tipo tranquillo, dall'aspetto decente,

uno che lei non vorrebbe?» le chiese Lawrence mentre si univano alle altre coppie in fila.

«Sì. Un uomo tranquillo e ragionevole che non mi causerebbe problemi.»

Per un breve istante, la signorina Hunt tradì i suoi pensieri arrossendo. Qualunque cosa affermasse di volere in un uomo, era ben diversa da ciò che desiderava realmente.

«Allora non sono certo io. Sarei sicuramente un *problema*.» Lawrence le sorrise, e lei gli offrì un sorriso spudorato. Continuarono a ballare in un amabile silenzio.

Al termine del ballo, Lawrence si rese conto di apprezzare la compagnia della signorina Hunt. Era un peccato che non stessero bene insieme. Si inchinò e lei gli si avvicinò per sussurrargli: «Dovreste andare da lei.»

«Come dite?»

La giovane sorrise. «La donna a cui avete pensato per tutto questo tempo. Posso vedere chiaramente nei vostri occhi che siete distratto. Un bell'uomo è distratto solo quando pensa a una donna. Se là fuori c'è qualcuno per voi, dovreste andare da lei.»

«Ma...» Lawrence aveva promesso a sua madre che sarebbe rimasto per qualche ora.

«Andate, mio signore. Non ci mancherete. Se vedrò vostra madre, le dirò che non credo che ci convenga.»

Il sollievo lo attraversò. Poteva tornare da Zehra e trascorrere il resto della serata con lei.

«Grazie, signorina Hunt, davvero. Spero che troviate l'uomo sensibile e tranquillo che state cercando.»

«Grazie.» La giovane era di nuovo arrossita. Lawrence la guardò solo una volta, lasciando la sala da ballo. Lei se ne stava lì con l'aria completamente smarrita e lui provò un senso di pietà. Era una ragazza adorabile, dopotutto. Sperava che trovasse qualcuno degno di lei.

Quando Lawrence uscì dalla sala da ballo, era più che pronto a tornare a casa. La signorina Hunt aveva ragione. Per tutta la sera non aveva pensato ad altro che a Zehra. Era così sola e lui aveva odiato lasciarla quella sera. Sbatté i guanti sul palmo della mano in attesa della carrozza.

Ma mentre saliva, ebbe la strana sensazione di essere osservato. I peli della nuca gli si rizzarono e si guardò intorno. Per un attimo giurò di aver visto un'ombra allontanarsi dal muro di fronte, ma, quando si sporse in avanti per guardare meglio, l'ombra era sparita. Forse non c'era mai stata. Non ne era sicuro. Percorse il resto del tragitto lungo le strade buie, tenendo d'occhio la strada attraverso il finestrino, anche se non vide nessuno.

Ma non fermò la sensazione di essere *osservato*.

Capitolo Otto

Zehra girò l'ultima pagina del romanzo che aveva trovato nella stanza di Lawrence. Era stato così bello trovare una lettura avvincente. Aveva già letto alcuni romanzi inglesi, ma mai quei romanzi 'gotici', come li aveva chiamati Lawrence, perché erano rari a Shiraz, la zona da cui proveniva. Le avventure di Lady Isabelle l'avevano distratta per un po' dalla solitudine, ma, quando sentì lo scatto della porta che si apriva, il suo cuore ebbe un sussulto.

«Zehra?» La voce di Lawrence era dolce, come se temesse che lei stesse dormendo.

«Sono qui.» la giovane posò il libro e si alzò, sorpresa dalla sua impazienza di rivederlo. Era difficile da spiegare, ma era come, se ogni volta che lo vedeva, portasse la luce del sole nella stanza, anche quando era notte.

Lawrence sorrise non appena la vide. «Ah, siete sveglia. Pensavo che forse vi foste addormentata. È quasi mezzanotte.»

Zehra scosse la testa. «Sono stanca. Ma non sono riuscita a riposare.» La serata dopo la cena era stata tormentata dalle preoccupazioni. Doveva trovare la famiglia di sua madre, ma non aveva modo di farlo. Se avesse chiesto aiuto a Lawrence, avrebbe potuto metterlo in pericolo, ma se non l'avesse fatto, avrebbe potuto mettere in pericolo la sua famiglia.

Al-Zahrani avrebbe senza dubbio trovato la sua famiglia prima di lei, e aveva detto alla sua compagna di bordello che avrebbe ucciso chiunque si fosse messo tra di loro. Zehra lottò contro la repulsione che provava al pensiero di essere di nuovo sotto il controllo di quell'uomo malvagio. Le cose che aveva promesso di farle, le torture che voleva infliggerle, i piaceri che le avrebbe tolto spezzandole lo spirito... E più di chiunque altro, sapeva quanto Al-Zahrani potesse essere pieno di risorse. Opporsi a lui significava mettere il proprio collo contro la spada.

No, non poteva mettere in pericolo la vita di nessuno, il che significava che doveva stare attenta quando cercava la sua famiglia, ammesso che ci fosse una famiglia da cercare. Suo nonno aveva ripudiato sua madre, dopotutto, e c'era la possibilità che non sapesse della sua esistenza. O forse, non avrebbe voluto vederla.

In ogni caso, non voleva metterlo in pericolo se Al-Zahrani stava sorvegliando la casa del nonno.

Lawrence le si avvicinò, con la preoccupazione impressa sul volto. «Che succede? All'improvviso siete terribilmente pallida.» Le prese il mento e lei si appoggiò a lui, desiderando che la forza e il conforto del giovane potessero scacciare tutte le sue paure. Ma doveva rimanere forte. Lawrence non sarebbe stato sempre lì a combattere i suoi demoni.

«Sto bene, davvero» sussurrò lei, fissandolo. Lui inclinò la testa e le sue dita giocherellarono con una ciocca di capelli scuri.

«Ora siete al sicuro, ve lo prometto. Non avete nulla da temere.»

Zehra si morse il labbro prima di rispondere: «Non avrò nulla da temere finché la nostra settimana non sarà finita ed io tornerò in Persia.»

Il dolore che balenava negli occhi della giovane rifletteva il dolore del suo stesso cuore. Non voleva lasciare l'Inghilterra, e i motivi sembravano moltiplicarsi lentamente, e il più importante stava proprio davanti a lei. Abbassò lo sguardo sul petto ampio di Lawrence e sul panciotto ricamato finemente con bellissime rondini in fili d'argento e d'oro. Allungò la mano e gli posò il palmo sul petto, non per allontanarlo ma per unirli. Le dita di lui si staccarono dai capelli e si arricciarono intorno al polso di lei, stringendole la mano al petto.

«Non sono un gentiluomo, assolutamente, ma...» Lawrence sorrise. «Vorrei essere qui per voi, tesoro, in qualsiasi modo possibile.»

Zehra non riuscì a resistere alla tentazione di stuzzicarlo. «Che nobiltà da parte vostra!»

La risatina sommessa di Lawrence sembrava deliziosamente peccaminosa. «Signore, tutti continuano ad accusarmi di essere improvvisamente così dannatamente nobile. Di certo sono tutt'altro. Se poteste leggere i miei pensieri in questo momento...»

«Oh?» Zehra lo guardò negli occhi, sorpresa da quella fame, che, invece di spaventarla, le scaldò il sangue e le fece venire le vertigini, come se avesse bevuto troppo vin brûlé.

«I miei pensieri mi porterebbero probabilmente a prendere uno schiaffo e di certo me lo meriterei.»

Una luce sensuale sembrò passare tra loro mentre lei muoveva la mano sul petto di lui. Lawrence si inclinò di appena un centimetro, come se resistesse a malapena ai suoi desideri.

«E cosa vi farebbe prendere a schiaffi, mi chiedo?» chiese lei, con voce trafelata, aspettando di sentire se lui avrebbe confessato i suoi pensieri.

«Afferrarvi per la nuca e baciarvi, *con forza*.»

Le si mozzò il fiato. «Ma non vi fermereste lì...» lo incalzò. «Questo non è degno di uno schiaffo. Di fatto, forse, ma non di pensiero.»

«No, certamente no. Ma avrei appena iniziato. Poi vi schiaccerei contro il muro, vi alzerei le gonne e userei le mie dita per farvi venire.» La voce di Lawrence era roca e bassa, con un delizioso tocco pericoloso che la fece rabbrividire.

«Tutto qui?» Zehra stava immaginando quelle fantasie come fossero le proprie, desiderando disperatamente che una parte di lui abbandonasse quel nobile comportamento e agisse.

«Poi, mentre siete debole e sazia, con le mie mani che stringono le vostre natiche morbide e la mia bocca sul vostro collo, mordicchiando e succhiando finché nessuno dei due riesce a camminare, scivolerei dentro di voi, vi porterei con forza contro il muro e vi farei vedere le stelle.»

Lawrence ancora le teneva il polso. Mentre parlava, le accarezzò il dorso della mano con il pollice. Una fitta di dolore sensuale le bruciò nel ventre e tra le cosce. Voleva che lo facesse, lo desiderava così tanto, ma temeva che l'avrebbe fatta apparire vogliosa e poco femminile.

«Io...» Zehra faticava a trovare le parole. Lawrence aveva certamente detto tutto quello che lei aveva desiderato sentire e anche di più. Poi, con un sorriso timido, allungò la mano libera e lo accarezzò delicatamente sulla guancia. «Schiaffo.»

Per un attimo Lawrence la fissò scioccato, poi

scoppiò a ridere, come se avesse capito che lei lo stava prendendo in giro.

Le lasciò la mano. «Non dovete preoccuparvi. Ho tutto sotto controllo.» Si schiarì la gola e guardò il letto. «Dovreste dormire. Dopo tutto quello che è successo, credo che abbiate ancora bisogno di riposo.» Le fece cenno di seguirlo verso la porta. «Lasciate che vi accompagni nelle vostre stanze. Le cameriere dovrebbero essere pronte.»

La stava allontanando? Aveva frainteso il suo schiaffo come un avvertimento e non come un invito? Pensava che lui avesse capito che lei desiderava le sue avances. Forse lui non la desiderava quanto lei lo desiderava. Poteva dire belle parole in modo scandaloso, ma forse era un gioco e non pensava davvero nulla di tutto ciò. Quel pensiero le pesava. Tutto ciò che voleva ora era Lawrence. Era la sua unica possibilità di avere una piccola parte di felicità prima di essere messa su una nave e mandata verso un futuro incerto.

La accompagnò in una bella stanza in fondo al corridoio, con pareti di raso blu e un grazioso letto di legno di noce con lenzuola di seta bianca. Era chiaramente una stanza destinata a una donna. Non poté fare a meno di chiedersi quante altre fossero state lì prima di lei. Un uomo con quel viso e quel corpo non avrebbe mai dormito da solo.

Allora perché non mi vuole? Tutto ciò che le rimaneva da dare era sé stessa, e lui non l'aveva voluta. *Forse non vuole approfittare di me dopo tutto quello che è successo?* Non poteva gettarsi su di lui, non era giusto, ma sperava che lui capisse che voleva che la prendesse, che le mostrasse il suo piacere... ma aveva paura di chiederglielo. Qualunque cosa accadesse tra loro, voleva che nascesse dal desiderio reciproco, non dall'obbligo.

«Chiamerò la cameriera per aiutarvi a prepararvi per andare a letto.» Lawrence si attardò sulla soglia, con la testa leggermente china come se, all'improvviso, fosse timido. «Probabilmente domani il tempo sarà bello durante il nostro picnic. Potremmo fermarci in una locanda se non vogliamo tornare in città prima di sera.»

«Cos'è un picnic?» gli chiese Zehra, non sapendo bene cosa significasse quella parola. Quando lui l'aveva menzionata in precedenza, non aveva pensato di chiederglielo.

Un sorriso gli sfiorò i bordi delle labbra. «Ci sdraiamo su coperte all'ombra in cima a qualche grande collina e mangiamo.» Si aggrappò allo stipite della porta e le guance divennero di un colore rosso simile a quello dei capelli. «Se pensate che non vi piacerebbe, potremmo rimanere qui e...»

«No!» Zehra si affrettò a fermarlo. «Mi sembra un'idea deliziosa.» La speranza si risvegliò in lei. Quel picnic sembrava romantico, e il romanticismo era ciò che voleva.

«Bene.» Lawrence sembrava ancora un po' timido, ma ora era più sicuro di sé. «Riposate un po' stanotte. Partiremo per Richmond subito dopo colazione.»

Dopo che la porta si chiuse, Zehra sprofondò in una poltrona accanto al camino. Fino a qualche giorno prima aveva apprezzato la solitudine, ma da quando si era svegliata quella notte, con le urla, il sangue e il palazzo in fiamme, non riusciva a stare da sola a lungo. Si alzò e si avvicinò alla porta, per poi indietreggiare sorpresa quando entrò una cameriera giovane e allegra.

«Buonasera, signorina. Il padrone ha detto che siete pronta per andare a letto? Mi chiamo Eva.» Il sorriso solare della giovane fece sentire Zehra immediatamente a casa.

«Sì, grazie, Eva.» Voltò le spalle alla cameriera, che le sbottonò l'abito e la aiutò a toglierlo. Poi si tolse le calze e il resto della biancheria intima, mentre la cameriera recuperava una delle costose camicie da notte che Lawrence aveva comprato.

«Che bel pezzo di stoffa» disse Eva, sfiorando la camicia da notte con le dita. Arrossì quando notò che Zehra la guardava. «Scusatemi, signorina.»

Zehra non voleva che la cameriera fosse timida, voleva tutti gli amici possibili. «Ha un gusto squisito, non è vero?» chiese Zehra accarezzando anche lei la stoffa delicata.

«Infatti» rispose Eva. «Ha buon gusto in quasi

tutto.» La cameriera ridacchiò guardando Zehra e poi arrossì. «Perdonatemi, signorina. Non volevo insinuare...»

Zehra rise con lei. «Va tutto bene. Dimmi, Eva, il signor Russell porta qui molte donne?» Sapeva che era un rischio porre una domanda del genere, ma aveva bisogno di sapere di più su di lui. In realtà, doveva sapere se era solo una delle tante che si erano innamorate della sua dolcezza e del suo fascino. *Mi sto prendendo in giro?*

«Ha portato con sé alcune dame, ovviamente amanti, ma non ultimamente. Di solito restano nelle sue stanze fino a poco dopo l'alba e poi se ne vanno.»

«Ma questa stanza... è molto femminile. Ho pensato che forse teneva qui le sue amanti.»

Eva sollevò la camicia da notte in modo che Zehra potesse abbassarla sopra la testa e far scivolare le braccia attraverso le maniche. Il tessuto morbido frusciava sulla sua pelle, scendendo lungo il suo corpo.

«Questa stanza? Questa stanza viene utilizzata dalla madre o dalla sorella del padrone quando vengono in visita.»

Il sollievo la invase quando seppe che quella stanza non era per le amanti di Lawrence. Allo stesso tempo, però, non le piaceva l'idea che lui la stesse allontanando quando lei gli aveva detto che desiderava stare con lui. «E come sono? Sua madre e sua sorella?»

Eva ridacchiò e fece cenno a Zehra di sedersi sulla sedia accanto al tavolino dorato. La cameriera le tolse abilmente gli spilli dalla pettinatura. Le ciocche scure di Zehra ricaddero sulle spalle e sulla schiena in morbide onde naturali.

«La madre del padrone è una vera signora.»

«Come mai?» chiese Zehra.

Negli occhi dell'altra donna apparve un luccichio malizioso, e Zehra intuì che il complimento della cameriera celasse qualcosa di più di quanto le parole suggerissero.

«È madre di quattro ragazzi, tutti problematici.» Eva ridacchiò. «Deve essere una donna formidabile ed estremamente intelligente per sopravvivere alla crescita di quei ragazzi.»

Zehra si passò le dita tra i capelli e sorrise. «Quattro ragazzi. Che sfida!»

«Infatti.» Eva le pettinò delicatamente i capelli con una spazzola d'argento fino a eliminare tutti i nodi. Il suono morbido della spazzola era meraviglioso e Zehra chiuse gli occhi per un lungo istante, godendosi il semplice conforto che le procurava.

«Signorina, spero che non vi dispiaccia la mia audacia nel parlare...»

Zehra aprì gli occhi. «No, niente affatto. Per favore, di' quello che vuoi.»

Eva posò la spazzola, il cui manico brillava nella penombra.

«Sarete gentile con lui, vero?»

Zehra inclinò la testa. «Essere gentile con lui? È lui che si mostra gentile con me. Perché non dovrei ricambiarlo?»

Eva aveva le guance rosa, ma continuò: «Non intendevo insinuare il contrario, signorina. È un brav'uomo, anche se si comporta come se non lo fosse. Solo che noi, il personale, *lo sappiamo*, vede. Ha preso da suo fratello maggiore, il Marchese di Rochester. Si comporta in modo audace e spavaldo, seducente e pericoloso, ma non lo è, non davvero, se capite cosa voglio dire, signorina. Ha un cuore d'oro, ma la gente non sempre lo vede. Quando ci sono i suoi fratelli viene ignorato, perché è il figlio di mezzo tra tanti. Credo... credo che si senta solo e questo lo rende un po' selvaggio per la disperazione, capite?»

Le parole di Eva colpirono il cuore di Zehra. Era stata l'unica figlia dei suoi genitori e sapeva di essere fortunata a non essere mai stata trascurata. Eppure, nel corso degli anni, aveva desiderato la compagnia di un fratello o di una sorella e avrebbe condiviso volentieri l'amore e l'affetto dei suoi genitori pur di avere una famiglia più numerosa.

«Credo di capire.» Sorrise a Eva. La cameriera le diede una pacca sulle spalle. Zehra desiderava confortare l'uomo che l'aveva salvata. Non solo perché l'aveva salvata o perché lo trovava attraente, ma perché desiderava davvero renderlo felice come lo era lei quando stavano insieme.

«C'è qualcosa che vi preoccupa, signorina?» le chiese Eva.

«No...» Zehra esitò. «No, nulla. Sono preoccupata che lui non...» La sua voce si interruppe, il suo viso si scaldò e si coprì le guance con le mani. «Il signor Russell mi piace molto, ma temo che non provi lo stesso interesse per me.»

Ecco, l'aveva detto, ed Eva non rideva di lei né la guardava con disgusto.

«Oh, gli piacete... non mi preoccuperei troppo di *questo*» disse la cameriera con un sorriso impetuoso. Era come se Eva potesse leggere i suoi pensieri.

«Tu credi?»

Un po' di capelli d'oro pallido di Eva sfuggì alla cuffia e lei li sistemò. «Oh sì, signorina. George, il valletto del padrone, ha detto che stamattina il padrone ha canticchiato mentre si preparava per il bagno. Non l'aveva mai fatto prima. Credo che voglia prendersi cura di voi, più di quanto abbia mai fatto con chiunque altra. Nemmeno sua madre e sua sorella vengono trattate con tanta premura.»

Zehra non poté fare a meno di pregustare un po' il pensiero, mentre Eva si occupava del letto. Ma poi un'ombra offuscò la sua gioia. E se le azioni di Lawrence fossero state dettate solo da un senso di carità? Non voleva che lui la vedesse come un animale domestico di cui prendersi cura o una mendicante da compatire. Come poteva convincerlo a mostrare i suoi veri sentimenti?

«Avete bisogno di qualcos'altro, signorina?» le chiese Eva, abbassando le lenzuola del letto.

«No, grazie.»

La cameriera uscì dalla stanza e Zehra prese un nuovo romanzo dal tavolo accanto al fuoco prima di mettersi a letto. Si sentiva un po' meglio, ma avrebbe voluto essere tra le braccia di Lawrence quella sera. Chiuse gli occhi e il libro le cadde in grembo senza aver letto quasi una parola. Cominciò a scivolare nei dolci sogni di baciare Lawrence. Tutti i pensieri sullo spargimento di sangue e sul dolore svanirono per quella notte.

Domani lo convincerò che lo voglio, e forse mi vorrà di nuovo perché mi desidera davvero. Devo solo convincerlo che voglio una canaglia e non un gentiluomo.

Capitolo Nove

Zehra non poté fare a meno di ridere mentre Lawrence faceva del suo meglio per stendere una coperta sull'erba morbida e fresca. Una brezza leggera continuava a far sì che il tessuto diventasse uno strato irregolare, invece di comportarsi bene e di adagiarsi a terra.

«Ecco, lasciate fare a me.» Lei afferrò l'altro lato della coperta e insieme riuscirono a tirarla giù.

«Ah! Ecco fatto!» Lawrence aiutò Zehra a sedersi accanto a lui, quindi aprì il cesto di vimini che aveva fatto preparare dalla cucina. Lei ne approfittò per guardarlo mentre estraeva il cibo dal cesto e lo sistemava sulla coperta. Lawrence era inginocchiato accanto a lei che ammirò le sue cosce forti, evidenziate dai pantaloni aderenti.

Zehra era affascinata dal modo in cui i capelli scuri del giovane catturavano la luce del sole sulla collina. L'ambra dorata brillava e scintillava tra le ciocche. Non aveva mai visto un uomo con un simile colore di capelli. Ora che lo shock per quello che aveva passato stava finalmente iniziando a svanire, cominciava a prestare più attenzione a Lawrence.

«Che succede?» le chiese il giovane i cui occhi nocciola le scrutarono il volto, notando che lei lo stava studiando. Erano seduti a pochi centimetri l'uno dall'altra e un'energia invisibile sembrava diffondersi tra loro.

«I vostri capelli.» Senza pensarci, Zehra allungò la mano e li sfiorò con le dita.

Un sorriso aleggiava sulle labbra di Lawrence. «I miei capelli?»

Quando si accorse che lo stava ancora toccando, la giovane lasciò cadere le mani in grembo, arrossendo. «Non ho mai visto questa tonalità prima d'ora. Il colore è sorprendente.»

«Non ci sono *ginger* dalle vostre parti?» La risata di Lawrence la riscaldò fino al midollo.

«*Ginger?*» Lei ridacchiò. «Volete dire come la radice? Che cosa c'entra con i vostri capelli?»

«Sono roscio. È così che chiamiamo le persone con i capelli rossi.» Lawrence si passò le dita tra le ciocche, sorridendo. Era il tipo di sorriso morbido che le ricordava suo padre e la sua casa. Un sorriso gentile, giocoso, aperto, ma solo per chi aveva la fortuna di vederlo.

Zehra cominciò a capire sempre di più il suo dolce e seducente salvatore semplicemente parlando con lui e osservandolo. Per certi versi era come suo padre, silenzioso, intenso, ma nei momenti giusti, quando si apriva, era come se il sole non smettesse mai di splendere su di loro. Scosse la testa per scacciare l'improvvisa fiammata di dolore al ricordo. Si concentrò invece su Lawrence e sul modo in cui le faceva venire voglia di sorridere.

«Voi inglesi e le vostre sciocche parole.»

«Abbiamo tante parole sciocche, ma prometto di non sprecarne nessuna con voi, a meno che voi non lo desideriate.» Lawrence ammiccò, porgendole un piatto con salumi e frutta prima di versarle un bicchiere di limonata.

Mangiarono in silenzio, ma lei scoprì che le piaceva. I suoni silenziosi di uccelli lontani sussurravano tra gli alberi.

«Che uccello è quello?» gli chiese.

Lawrence tese l'orecchio verso gli alberi. «È un'allodola.»

Zehra lo ascoltò di nuovo. «È diverso dalle allodole che conosco.»

«Immagino di sì. La vostra casa è a più di duemila chilometri di distanza.»

Zehra sapeva quanto aveva viaggiato, eppure

sentirlo ora le faceva sembrare quella terra ancora più meravigliosa ed esotica. Lì c'era pace e libertà. Erano arrivati a piedi senza cavalli o carrozze e avevano scelto un punto della collina lontano dalle altre coppie che probabilmente quel giorno avrebbero fatto un picnic. Era come se fossero soli in quello strano mondo. Gli occhi di lei incontrarono quelli di lui prima di scivolare via.

Lawrence ridacchiò. «Siete così timida, signorina Darzi?»

«Voi siete così audace, signor Russell?» ribatté lei altrettanto rapidamente, guadagnandosi una profonda risata da parte di lui.

«State ancora immaginando tutte le cose malvagie che ho detto di volervi fare?» Le si avvicinò di un centimetro, le gonne di lei gli sfiorarono il ginocchio. Zehra si chinò, con il battito accelerato. Si sentiva fin troppo consapevole che se si fossero persi nella passione, probabilmente non sarebbero stati visti.

«Forse sì» sussurrò lei, con il viso che si riscaldava.

«Bene.» Lawrence fece scorrere un polpastrello lungo la seta dell'abito vicino alla caviglia, giocherellando con l'orlo, sollevando il tessuto di qualche centimetro. Il respiro di lei accelerò e lui tolse le dita, lasciando che la stoffa ricadesse al suo posto, con grande disappunto della giovane. Lawrence sembrava sapere come giocare con lei, come un gatto farebbe con un topo.

Zehra lo desiderava, ma lui si rifiutava di spingersi oltre lo scandaloso stuzzicamento.

«Vi manca la Persia?» le chiese Lawrence quando ebbero finito di mangiare.

«Mi manca...» Zehra esitò, cercando di esprimere esattamente i sentimenti che albergavano nel suo cuore. Non aveva avuto il tempo di rendersi conto che le mancava Shiraz, perché nelle ultime settimane tutto era stato un turbine terrificante. Impiegò un attimo per raccogliere i pensieri e rispondere: «Mi manca sentirmi a casa, sentire il mio posto. Il mio posto non è in Inghilterra.»

«La casa è una cosa importante. Mio fratello maggiore, Lucien, ha la nostra tenuta di famiglia nel Kent, e per me è casa sotto molti aspetti, ma...» Lo sguardo di Lawrence divenne distante.

«Ma cosa?»

Lawrence colse una campanula vicina e passò le dita sui petali. «Il ricordo di mio padre è ovunque in quella casa.»

«Non amavate vostro padre?»

Lawrence distolse lo sguardo. «Al contrario. Gli volevo molto bene. È morto quando ero un ragazzo. Ha spezzato il cuore di mia madre e ha devastato la nostra famiglia. Ha fatto di Rochester Hall la nostra casa, e ogni stanza porta ancora la sua presenza persistente. A volte è troppo doloroso tornare indietro.»

Zehra allungò la mano e lo accarezzò. «I luoghi raccolgono i ricordi come le persone. Brutti o belli. Non dovreste mai avere paura di una casa che porta l'amore nelle sue pietre. Dovreste abbracciarla.»

Zehra pensò alla sua casa, lontana anni luce, e a come, in quel momento, il male vi si aggrappasse. Non sarebbe mai tornata lì, a nessun costo. Sua madre le aveva insegnato a mettere l'amore nel suo cuore sopra ogni altra cosa. Era una cosa difficile da fare quando pensava ai suoi genitori traditi e uccisi. Per un attimo fu risucchiata di nuovo in quell'oscurità, dove il fumo e il sangue minacciavano di soffocarla.

Lawrence si schiarì la gola. «I picnic dovrebbero essere piacevoli, ed eccomi qui a rovinare tutto, non è vero?» Il suo sorriso ironico le strinse il cuore, mentre faceva bella mostra di consegnarle la campanula che aveva colto.

Zehra prese il fiore e fece rotolare il gambo tra le dita, facendolo danzare. Sorrise e poi si sdraiò sulle coperte, osservando le nuvole creare forme sopra di lei. Avvertì un fruscio di stoffe e Lawrence sistemarsi accanto a lei. Lo guardò appoggiare il mento su una mano e fissarla. Lo sguardo di Lawrence era enigmatico ma la curva sensuale delle sue labbra le fece sperare che finalmente le avrebbe fatto assaggiare i piaceri con cui l'aveva stuzzicata.

Sapeva così poco di lui, eppure si sentiva vicina a lui

in un modo che non aveva mai provato con nessuno. C'era un'intimità silenziosa e intensa tra loro che era incrollabile.

«Vi arrabbiereste se vi rubassi un bacio?» le chiese.

Zehra sapeva perché le aveva fatto quella domanda. Era l'uomo che l'aveva salvata. Aveva un debito d'onore con quell'uomo, eppure lui non voleva il suo affetto se era nato da un obbligo. Ma ciò che stava sbocciando tra loro non faceva parte di quel debito che lei aveva, non per lei. *Voleva che la* baciasse, voleva che facesse molto di più.

Zehra si morse il labbro prima di rispondere. «Mi arrabbierei se non lo faceste.»

Lawrence si chinò, appoggiandole una mano sul fianco, e abbassò il viso. Erano a pochi centimetri di distanza e un accenno di sorriso gli increspò gli angoli degli occhi. Lei chiuse gli occhi un attimo prima che lui la baciasse.

Le loro bocche si muovevano languidamente, come se si stessero assaggiando. Sulla lingua di Lawrence era rimasta una nota di dolcezza dovuta alle fragole che avevano mangiato. Zehra gli passò un braccio intorno al collo, infilando le dita tra i capelli all'altezza della nuca. Lawrence approfondì il bacio, rendendole la testa leggera e il corpo tremante.

Quando le labbra le sfiorarono la gola, Zehra fu felice che la modista avesse preparato i suoi abiti scollati, perché voleva che Lawrence la baciasse *ovunque*. Le si mozzò il fiato quando lui fece scivolare la mano dalla vita per palparle delicatamente uno dei seni sopra l'abito. Anche se i vestiti erano una barriera, i suoi seni divennero duri e il capezzolo si inturgidì sotto il pollice.

Come sarebbe stato sentire la bocca di Lawrence sulla sua pelle? Sui suoi seni? Zehra gemette quando lui le mordicchiò la clavicola prima che le loro bocche si unissero di nuovo. Non era sicura di quanto tempo fossero rimasti a baciarsi, finché un vento freddo la stuzzicò e rabbrividì improvvisamente. Si separarono ed entrambi lanciarono un'occhiata al prato in cima alla collina. Il sole era sprofondato sotto un banco pesante di nuvole scure e la pioggia stava arrivando all'orizzonte. Poteva vedere il muro di nebbia che spazzava le colline lontane e la città di Richmond in basso.

«Maledizione» mormorò Lawrence e si alzò a sedere, afferrando frettolosamente il cestino da picnic. «Dobbiamo andare. Se ti bagnassi, ti ammaleresti.»

Zehra si alzò in piedi e piegò la coperta mentre lui preparava il cestino. Si precipitarono giù per la collina il più velocemente possibile, ma, per quanto potessero, non riuscirono a evitare la pioggia. L'acqua gelida le inzuppò presto i vestiti. L'erba alta le si aggrappava alle gambe, rendendole difficile camminare quando il vestito si impigliava. Lawrence tenne i manici del cesto con una mano e allungò la mano libera per aiutarla. Scesero incespicando fino alla base della collina e alla piccola strada fangosa.

«Zehra, mi dispiace, avrei dovuto dire alla carrozza di aspettarci qui invece di farci camminare» disse Lawrence mentre schivavano le pozzanghere crescenti. I piedi cominciavano a farle male, non essendo abituata agli stivali neri che indossava.

«Sto bene» lo rassicurò lei, ridendo. C'era qualcosa di deliziosamente ridicolo in tutto ciò.

Camminarono per dieci minuti prima di sentire lo sferragliare delle ruote sul terreno. Si voltarono e videro un contadino sul sedile di un carro aperto, trainato da due cavalli.

«Ehilà!» Lawrence lasciò la mano di Zehra per fare cenno al contadino di scendere. L'uomo trasandato tirò le redini e i cavalli si fermarono.

La pioggia gocciolava dal cappello a tesa larga dell'uomo che scrutava dal suo trespolo. «Vi siete persi?»

«Persi? No, ma abbiamo un disperato bisogno di un passaggio fino al villaggio.» Lawrence indicò una serie di edifici lontani, dove una piccola locanda si trovava ai margini di Richmond.

«Penso di potervi aiutare. Salite sul retro.» Il contadino fece un cenno al carro con la mano.

Lawrence condusse Zehra e lei lo aiutò a fissare la cesta e la coperta più indietro nel carro prima che lui la afferrasse intorno alla vita e la sollevasse. Quando

Lawrence salì, lei gli strinse un braccio intorno. Quando il carro partì, Zehra si appoggiò a lui.

«Ti porterò dentro e ti riscalderò, te lo prometto.»

«So che lo farai.» Zehra inclinò la testa per potergli baciare delicatamente la gola. In quel momento, non le importava della pioggia, non le importava di ammalarsi.

Potrei stare qui con lui per sempre.

Quando raggiunsero il villaggio, Zehra era mezza congelata. Lawrence ringraziò il contadino e gli lanciò qualche scellino prima di dirigersi verso la locanda *White Hart*. Zehra seguì Lawrence, rabbrividendo quando si avvicinarono al locandiere.

«C'è una stanza disponibile per me e mia moglie?» chiese Lawrence.

Zehra sbatté le palpebre per lo shock di essere chiamata *moglie*, ma sapeva che lui aveva dovuto farlo per evitare uno scandalo e per questo gliene era grata.

L'uomo corpulento ridacchiò. «Picnic rovinato? Non siete i primi. Tutti sono venuti qua inzuppati fino alle ossa. Per fortuna è rimasta una stanza.» L'uomo, dall'accento chiaramente irlandese, prese un'unica chiave di ottone appesa all'ultimo piolo della parete e gliela consegnò.

«Grazie. Potete farci preparare due pasti caldi e un bagno?»

«Certo.» L'oste fischiò a un paio di giovani ragazzi

dietro il bancone. «Accompagnate i signori nella stanza quattro e scaldate loro dell'acqua.»

I ragazzi si affannarono come cuccioli per salire le scale prima di Zehra e Lawrence. Quando Lawrence aprì la porta, i ragazzi si precipitarono all'interno e presero alcuni grandi secchi da un mobile dell'armadio, poi tornarono di corsa al piano di sotto. Zehra si sistemò sulla sedia accanto al camino spento, desiderando il calore delle fiamme. Sul volto di Lawrence comparve un'espressione di sconforto.

«Ti metterei qualche coperta, ma le inzupperesti soltanto, e abbiamo bisogno che il nostro letto rimanga asciutto, se vuoi rimanere per la notte, s'intende.» La guardò, come se aspettasse che lei rifiutasse ciò che le aveva appena offerto.

Zehra annuì, cercando di ignorare il brivido nello stomaco quando lui disse 'il nostro letto'. Avrebbero condiviso il letto e trascorso lì la notte, questo era chiaro. Si stava facendo troppo tardi e la pioggia avrebbe reso il viaggio meno piacevole. Lawrence le si avvicinò e le tese le mani. Zehra le prese e lui la sollevò in piedi, poi si sedette sulla sedia e se la tirò in grembo, abbracciandola e tirandola a sé. Anche Lawrence era bagnato, ma Zehra si rannicchiò contro di lui, rubando il calore che poteva.

Zehra giocherellò con i capelli di Lawrence. «Vorrei rimanere qui.» Voleva Lawrence tutto per sé e non voleva dividerlo con quello che l'aspettava a Londra:

paura di essere rimandata a casa, paura che Al-Zahrani fosse ancora libero, paura di restare sola per sempre. Lawrence le prese il viso e si chinò verso di lei in modo che i loro nasi si sfiorassero. Zehra rimase incantata dagli occhi nocciola del giovane, osservando i riflessi verdi fondersi al marrone chiaro.

«Ci sono di nuovo quelle ombre nel tuo sguardo. Vorrei sapere come farle sparire.» Il respiro di Lawrence era caldo mentre parlava e Zehra desiderava che lui la baciasse. Le loro labbra erano a pochi centimetri di distanza.

Ti prego, baciami. Scaccia l'oscurità.

Zehra si leccò le labbra e Lawrence si avvicinò, ma la porta si aprì di nuovo quando i ragazzi tornarono con l'acqua calda. Lei e Lawrence li guardarono divertiti mentre ci vollero diversi viaggi avanti e indietro per riempire la grande vasca. Quando ebbero finito, Lawrence allungò a entrambi qualche moneta, facendo diventare i loro occhi tondi come piattini.

Zehra sorrise e Lawrence si accorse che lo stava studiando.

«Che c'è?» le chiese.

«Sei generoso» rispose la giovane.

Lawrence scrollò le spalle. «Mio padre mi ha insegnato che quando si ha la fortuna di avere molto, è un dovere e un privilegio dare a chi non ce l'ha. Quando un contadino ci dà un passaggio durante un temporale o dei ragazzi lavorano duramente per trasportare dei secchi pesanti, mi sento in dovere di restituire qualcosa di più della semplice gratitudine.»

«Avrei voluto conoscere tuo padre» disse Zehra con il cuore intenerito immaginando Lawrence da giovane.

Quel sorriso triste le lacerò il cuore. «Lo avrei voluto anche io. Gli saresti piaciuta.» Le strinse leggermente la vita, poi la sollevò e la mise in piedi. Senza chiederglielo, cominciò a sbottonarle l'abito sulla schiena.

«Com'era tuo padre?» le chiese.

«Era gentile e divertente. Faceva sempre ridere mia madre.» Zehra chiuse gli occhi, ricordando il suono delle risate dei suoi genitori. Ma i suoni erano fiochi, non più chiari come un tempo. I ricordi dei genitori, il modo in cui sorridevano, le loro voci, *tutto ciò che* li riguardava, stavano iniziando a sbiadire. Tuttavia, il ricordo che si era fatto largo nella quiete ossessionante della sua mente era quello dei loro corpi senza vita e delle urla lontane che squarciavano il fumo.

Zehra si costrinse a concentrarsi sulla vita del padre, non sulla sua morte, mentre cercava di parlare.

«Era molto intelligente... e molto aperto alle vie dell'Occidente. È per questo che mia madre si è trovata così bene con lui.»

«Tua madre non era persiana?»

Zehra si maledisse interiormente. Non aveva intenzione di rivelare la sua discendenza, non ancora. «No, era inglese.»

Le mani di Lawrence si fermarono sull'ultimo bottone dell'abito, le sue dita si posarono sulla parte bassa della schiena.

«Sei per metà inglese?» La sorpresa colorò il suo tono.

Zehra si girò, sfilandosi il vestito per lasciarlo cadere ai piedi. «Sì.» Lo affrontò con indosso solo la *chemise*. «Questo... cambia i tuoi sentimenti?»

«Per te?» le chiese Lawrence, con le sopracciglia sollevate e le mani a pochi centimetri dalle spalle nude di lei. «Niente affatto. Sono solo contento di aver risolto un mistero. Ora so perché sai parlare così bene l'inglese.»

«Beh, ho avuto un buon tutore» disse lei, poi si chiese se questo suggerisse troppo.

Lawrence sorrise. «Sembra che tu abbia molti altri misteri che devo approfondire.» Il suo sguardo vagò lungo il corpo di lei prima di tornare al viso. L'aperta onestà della sua fame la riempì di un desiderio simile. Le scostò una ciocca di capelli umidi che le si aggrappava alla guancia.

«Entra nella vasca e riscaldati. Io farò accendere il fuoco e vado a cercare la nostra cena.» Lawrence si girò e se ne andò, lasciandola sola e infreddolita.

Zehra tirò su con il naso, con gli occhi che le lacrimavano. Quell'uomo era troppo buono, troppo gentile. *E voglio dimostrargli quanto significhi per me. Quanto* lui *significhi per me.* Zehra si spogliò dietro il paravento mentre ascoltava Lawrence chiamare un ragazzo per accendere il fuoco. Sarebbe stato troppo facile innamorarsi di quell'uomo. Ma non riusciva a smettere, e questo non avrebbe fatto altro che spezzarle il cuore.

Capitolo Dieci

L awrence alzò lo sguardo sorpreso quando sentì Zehra uscire dalla vasca dietro il paravento. Non vi era rimasta a lungo e temeva che l'acqua si fosse raffreddata troppo in fretta.

«Era abbastanza caldo?» chiese lui.

«Oh sì. Non ho avuto bisogno di rimanere a lungo.» Zehra si affacciò, con una coperta stretta intorno al corpo; gli si avvicinò a piedi nudi, stringendo i lembi della coperta intorno alle spalle. Lawrence intravide la pelle nuda mentre lei si muoveva e il suo corpo si tese per l'eccitazione.

Si merita un gentiluomo, non una canaglia. Si costrinse a rimanere dov'era. Il vecchio Lawrence sarebbe balzato in piedi in un istante, facendole scivolare via la coperta, deciso a farla sdraiare sulla superficie più comoda. Ma voleva essere un uomo migliore per quella donna. Quando avrebbe portato Zehra a letto, desiderava che significasse qualcosa per entrambi. Sarebbe stato qualcosa di più del semplice piacere, anche se era destinato a non durare. Deglutì a fatica, mentre il suo corpo lottava con la sua mente ogni secondo che passava, mentre lei si avvicinava.

«Io... stavo asciugando i tuoi vestiti.» Lawrence indicò la *chemise*, l'abito e le calze appese su una griglia d'ottone accanto al fuoco. Non sarebbe passato molto tempo prima che potessero essere nuovamente indossati.

Zehra lanciò un'occhiata e poi proseguì verso di lui, con la testa inclinata quel tanto che bastava per mostrare la pendenza aggraziata del suo collo. La distanza tra loro si colmò e il tempo sembrò allungarsi come un filo sottile di velluto. Lawrence si godette la vista della giovane, rendendosi conto di quanto fosse bella. Dai capelli nero corvino al naso leggermente all'insù, fino all'accenno di cicatrice appena sopra la clavicola, era perfetta. Troppo. Avrebbe dovuto indietreggiare, mettere la sedia tra loro, ma non riuscì a muoversi. Lo sguardo ipnotico di lei lo teneva bloccato al pavimento.

Zehra gli si avvicinò e gli posò una mano sul petto. Lawrence le si avvicinò fino a stringerle il polso con le dita, respirò e lei gli diede una spinta, facendolo ricadere sulla poltrona, fissandola.

Zehra si mise cavalcioni su di lui, prima che

Lawrence potesse dire qualcosa per fermarla. Il peso del suo corpo era ben accetto, la sensazione di lei eccitante oltre ogni dire. La coperta gli copriva le ginocchia e lui cercò di combattere l'impulso di allontanarla dal corpo di lei. Ogni muscolo era rigido per la tensione.

«Zehra, non devi...»

Gli mise un dito sulle labbra. «Shh.» La curva delle labbra di lei lo avrebbe fatto cadere se non fosse stato già seduto.

«Mi vuoi, Lawrence?» gli chiese, fissandogli la bocca in un modo che lo rese affamato oltre ogni misura. Voleva la sua bocca su di lui nel modo peggiore.

Lawrence annuì. Non si era mai trovato in una situazione del genere, in cui era lui a essere sedotto. «Ti desidero così tanto» sussurrò, il respiro si fece più veloce.

«Allora mi bacerai.» Zehra gli passò un polpastrello lungo la guancia fino alla bocca. Quel tocco era leggero e delicato, ogni volta che lei passava il polpastrello, Lawrence sentiva la pelle ardere deliziosamente.

«Ma non posso approfittare di te. Non in questo modo. Io...»

«*Silenzio*» lo interruppe Zehra, con un tono ancora più autoritario. «Non lo dico per obbligo, ma per desiderio. Conosco il mio destino e accetto ciò che deve essere. Ma desidero conoscere un po' di felicità prima che tutto questo finisca. Voglio essere felice con *te*.» Si appoggiò allo schienale e lasciò cadere la coperta fino alla vita, rivelando che era completamente nuda. Il gonfiore dei seni perfetti con i capezzoli imbruniti era completamente esposto alla vista di Lawrence.

Signore, era adorabile, ma la bellezza non era il motivo per cui lui voleva baciarla e fare l'amore con lei. Era perché era diversa da qualsiasi altra donna che avesse mai incontrato. Era coraggiosa, intelligente, calda, appassionata. Per tutta la timidezza che Zehra aveva mostrato in precedenza, possedeva anche una forza di volontà che lui non aveva mai visto. Per la prima volta in vita sua, Lawrence desiderava una donna non per il suo aspetto, ma per *quello che* era.

«Lawrence?» sussurrò Zehra, una sfida dolce e irresistibile perché lui potesse dire di no.

Come se potessi resistere: è troppo dannatamente perfetta, troppo dannatamente meravigliosa.

Zehra gli strinse un braccio intorno alle spalle e gli si appoggiò, con i seni scoperti che sfregavano contro la camicia di lui.

Maledizione.

Lawrence le prese il mento e colmò l'ultimo centimetro che li separava, coprendole la bocca con la sua. Zehra accolse quel bacio con impazienza e lui assaporò quel dolce sapore. Per essere una vergine, aveva una facilità naturale nell'imparare a rispondere alle offerte sensuali.

«Sembri abbastanza a tuo agio con questo» le disse Lawrence.

Zehra ridacchiò contro le sue labbra. «Ho letto libri sul piacere.»

«Quanti libri hai letto?» La immaginava intenta a studiare testi come il *Kama Sutra* a lume di candela.

Il sorriso malizioso di lei lo fece eccitare. «Molti...»

Le accarezzò la gola. «Allora forse potresti insegnarmi una cosa o due.»

«Potrei, forse.»

Lawrence la abbracciò e la strinse a sé. Quel bisogno improvviso e inaspettato lo sconvolse, ma non smise di baciarla, *non* riusciva a fermarsi. Zehra tremava contro di lui, tutto il suo corpo fremeva.

«Hai freddo?» le chiese. I capelli di Zehra erano ancora bagnati di pioggia e ricadevano dalla pettinatura sciolta. Le gocce le cadevano sulle spalle e a lui veniva voglia di leccarle via.

«Solo un po'»

Lawrence la baciò per un altro lungo istante prima di sollevarla tra le braccia e portarla sul letto. Zehra si sdraiò, sorreggendosi sui gomiti, e lo guardò. Lawrence dovette farsi forza per non balzare su di lei come un giovane inesperto, alle prese con la sua prima cameriera.

«Non sono mai stata con un uomo prima d'ora ma credo che sia necessario togliersi i vestiti per procedere.»

Zehra rise mentre Lawrence si strappava praticamente la cravatta e la camicia e si toglieva gli stivali.

«Non necessariamente» disse lui con una risatina. «Ma perché sia il massimo del piacere, assolutamente.» Si avvicinò alla parte anteriore dei pantaloni e li slacciò. Zehra lo guardava con occhi affamati, facendolo sentire un dio.

Mostrerò a questa donna tutto il piacere possibile. Non penserò mai di lasciarla andare.

Lawrence seppellì il dolore nel profondo, cercando di non pensare al fatto che nessuna donna lo aveva mai fatto sentire così. E forse non avrebbe più provato quelle sensazioni.

IL CUORE DI ZEHRA BATTEVA FORTE MENTRE Lawrence si toglieva i pantaloni. Quell'uomo era bellissimo, ogni suo muscolo era definito molto più di quanto si fosse mai aspettata; ogni parte di lui era tonica. La pelle del giovane era più chiara della sua e non poté fare a meno di immaginare come sarebbe stato vederle premute insieme, pelle contro pelle.

Zehra aveva deciso di sedurlo, temendo che lui non si sarebbe mai mosso se lei non l'avesse fatto, ma non si era resa conto di quanto sarebbe stata eccitata e spaventata. La paura ora ronzava ai margini della sua coscienza, ma era sopraffatta dall'eccitazione intensa che la attraversava mentre il suo desiderio cresceva sempre di più.

Lawrence salì sul letto, completamente nudo, e Zehra non poté fare a meno di fissare il membro eretto. Nessun libro che aveva letto, l'aveva preparata a questo. Un'ondata di panico si placò quando lui le si sdraiò accanto, anziché sopra. Le prese il viso con la mano e la baciò, facendo svanire ogni preoccupazione. Era un maestro dei baci, non ce n'erano due uguali. Ogni bacio le faceva battere il polso e la sua mente girava in circoli deliziosi.

«Ti senti meglio?» le chiese.

«Sì... Come lo sai?»

Lawrence ridacchiò. «Poco fa avevi l'aria di una cavalla imbizzarrita. Possiamo prenderla con tutta calma che vuoi. Te lo prometto.» Gli occhi del giovane scintillarono, passandole le nocche sulla guancia prima di iniziare a baciarle la gola.

«Sai proprio cosa dire per confortare una signora» confessò Zehra con un timido sorriso. «Volevo essere audace per te. Ma non avendolo mai fatto prima, ho anche paura di sbagliare.»

Lawrence ridacchiò. «Una signora non sbaglia mai a letto, solo gli uomini possono farlo. Voglio solo che tu sia te stessa. Stasera in questo letto ci siamo solo tu ed io.»

Zehra annuì, con il cuore colmo di passione. «Solo

noi» gli fece eco. Quell'uomo era perfetto: un perfetto gentiluomo, una canaglia perfetta, un amante perfetto.

Le accarezzò la guancia e le lasciò un altro bacio persistente sulle labbra che le fece salire il corpo e il cuore alle stelle. «Sì, solo *noi*.»

Zehra respirò profondamente quando lui raggiunse i suoi seni, prendendo un capezzolo e succhiandolo fino a farlo diventare un bocciolo indurito. Inarcò la schiena, gemendo mentre lui le palpava l'altro seno, strofinando il pollice sul capezzolo prima di pizzicarlo delicatamente tra le dita.

«Lawrence!» sussultò Zehra, afferrandogli i capelli e tirando le ciocche. La calda risata di lui fece crescere in lei un calore oscuro e meraviglioso e le sue cosce fremettero.

«Chiudi gli occhi e *senti*» mormorò lui, iniziando a baciarle il corpo.

Le mani potenti di Lawrence erano sorprendentemente delicate mentre le spingevano le cosce. Zehra si tese, ma lui non la prese ancora. Lei si rilassò, chiudendo gli occhi. Un secondo dopo, la bocca di lui era sulla sua collinetta, la lingua leccava le sue pieghe. Zehra sobbalzò e gridò, mentre, all'improvviso, fu attraversata da un piacere delizioso. Tutto sembrò esplodere in ondate di fuoco prima che lei potesse scendere dall'apice dell'estasi.

«È stato così?» chiese.

Lawrence ridacchiò. «È solo l'inizio.» Zehra aprì gli occhi e lo vide sorridere perfidamente tra le sue cosce. Lawrence spinse un dito dentro di lei che lo osservò stupita giocare con lei, accarezzarla, spingere, roteare. Le sensazioni che quel tocco evocava non potevano essere espresse a parole. L'intensità, i fremiti sotto la pelle, come mille piccoli lampi, la lasciarono debole e tremante. Lo sguardo ardente di Lawrence bruciava nel suo, mentre lui sembrava cercare quei punti che la facevano tremare e bruciare ancora di più.

«Signore, sei bellissimo» sussurrò, con tono riverente.

La stava facendo impazzire con il suo tocco. Il piacere che si era sviluppato così velocemente la prima volta, ora si insinuava lentamente in lei, ma era insopportabile. Aveva bisogno di un qualche tipo di sfogo.

«Ti prego, Lawrence. Mi hai stuzzicata abbastanza.» Zehra si dimenò sul letto, cercando di sedersi, ma lui si spostò, scivolando tra le sue cosce e cingendole le spalle con le braccia. La guardò dall'alto in basso.

«Sei pronta per me?»

Zehra sollevò il mento e gli sorrise. «Per te, sono pronta.»

Lawrence le sfiorò la guancia, prima di baciarle lievemente le labbra. Approfondì il loro bacio mentre scivolava dentro di lei e cominciava a spingere.

La sensazione di lui che premeva su di lei, fondendosi, era diversa da qualsiasi cosa Zehra potesse mai immaginare. Ci fu un momento di dolore, ma svanì quando Lawrence spinse più a fondo. Pochi secondi dopo il bacio di Lawrence diventò più profondo ma Zehra se lo godette. Gli scavò le unghie nella schiena, artigliandolo mentre lui muoveva i fianchi avanti e indietro. Era la cosa più bella che Zehra avesse mai provato, la gioia dei loro corpi, il calore della loro pelle e il battito del suo cuore che pulsava mentre il piacere attraversava tutto il suo corpo.

Le stelle le attraversarono gli occhi e gemette mentre il suo corpo si afflosciava. Sopra di lei, Lawrence pronunciò il suo nome, la baciò e con un'ultima spinta si fermò. Continuò a posarle baci leggeri come piume sulle labbra mentre lei chiudeva gli occhi.

Zehra sarebbe potuta morire in quel momento per la pura soddisfazione. Provava una beatitudine così squisita dopo aver fatto l'amore. Ogni paura, ogni preoccupazione, nulla poteva distruggere il senso di passione e sicurezza che provava in quel momento.

«Come ti senti?» le chiese Lawrence. Il suo fiato le smosse una ciocca di capelli vicino all'orecchio. Le fece il solletico e lei non poté fare a meno di ridere.

«Meraviglioso, davvero meraviglioso. E tu?» Zehra trattenne il fiato, temendo che lui non avesse provato la stessa cosa.

«Semplicemente meraviglioso.» Lawrence sollevò la testa per sorriderle.

Rimasero abbracciati, con i corpi intrecciati. Lawrence tracciò un polpastrello lungo la lieve cicatrice che le correva appena sopra la clavicola. La cicatrice che Al-Zahrani le aveva lasciato, un ricordo della persona a cui lei apparteneva. Zehra rabbrividì.

Non sono sua. Morirò prima di soffrire di nuovo per lui.

«Come te la sei fatta?» le chiese.

Zehra socchiuse gli occhi. «Quando i miei genitori sono stati uccisi, sono fuggita, come sai, ma...» Fece una pausa, inspirando profondamente. «L'uomo che ha tradito mio padre, che lo ha ucciso, era un arabo di nome Samir Al-Zahrani. Mi ha fatto prigioniera. Pensavo che mi stesse aiutando, ma presto ho scoperto la verità. Un altro scià voleva impadronirsi delle nostre terre ed io ero il pagamento di Al-Zahrani in cambio del tradimento di mio padre. Dovevo entrare a far parte del suo harem.»

«Ti ha fatto del male?» La voce di Lawrence era pacata, ma c'era una sfumatura che l'avrebbe spaventata se si fosse rivolto a lei con quel tono.

«Sì, più di una volta, ma non mi ha mai presa. Pensava di avere il resto della mia vita per torturarmi con la promessa di condividere il suo letto. Invece, ha passato una settimana a punirmi per quella che chiamava la mia 'insolenza'. Mi ha colpita dapprima con la mano, poi con una frusta e infine mi ha tagliata con una piccola lama. Volevo solo reclamare la mia libertà.»

Le braccia di Lawrence si strinsero intorno a lei e lui chiuse gli occhi, con le labbra serrate. «Se mai dovessi avere la fortuna di incontrare quest'uomo, lo ucciderò.»

Zehra sussultò, prendendogli il mento e costringendolo a guardarla. «No! Non devi farlo. È un uomo brutale e senza onore. Ti ucciderebbe anche solo per essere nella mia stessa stanza.» Avrebbe voluto avvertirlo che Al-Zahrani la stava ancora cercando, ma se glielo avesse detto, temeva che lui potesse muovere mare e monti per trovarlo e cercare di ucciderlo. Non poteva permettergli di mettere a rischio la sua vita.

«Non voglio che tu abbia paura di quell'uomo. Non è qui. Sei lontana da lui. Sei al sicuro» le promise Lawrence.

Se solo fosse vero... Ma Zehra temeva che in quel momento quell'uomo dal cuore di demone stesse camminando per le strade di Londra e Lawrence non sapeva, non *poteva* sapere. Gli appoggiò la mano sul petto e chiuse gli occhi, concentrandosi sul battito del suo cuore.

«Mia madre una volta ha detto che quando si giace con un uomo, si diventa vicini nel corpo e nella mente, abbastanza vicini da condividere i sogni dell'altro.» Zehra tracciò un polpastrello sul petto di lui, immaginando che la sua mente e il suo corpo si collegassero a quelli del giovane. «Pensi che sia possibile?»

Lawrence le accarezzò la schiena con un movimento delicato, che l'avrebbe cullata in un sonno profondo se lei lo avesse permesso.

«Possibile, suppongo. Non ho mai passato molto tempo a letto con altre donne. Suppongo che non dovrei ammetterlo, la parte sulle altre donne...» La voce di Lawrence si interruppe e lei ridacchiò.

«Ti è permesso avere un passato, Lawrence, come a me. Non ti giudico per le donne che hai amato prima di me.»

«Non posso dire di averle amate» disse lui, con voce distante. «È sempre stato per un po' di divertimento, sai, per grattare il vecchio prurito proverbiale.»

Zehra ridacchiò. «Altre parole sciocche.» Sollevò la testa per appoggiare il mento sul petto di lui e lo osservò, sorridendo per l'evidente disagio che Lawrence provava per la loro discussione.

Gli occhi del giovane si restrinsero come se non le credesse. «Davvero non ti dispiace, riguardo alle altre donne?»

«No. Quelle altre donne ti hanno reso l'amante meraviglioso che sei oggi. Io traggo beneficio dalla loro guida.»

Con una risata sommessa, le diede una piccola pacca sul sedere. «Infatti. Mi hanno insegnato molte cose...» Poi fece scivolare le dita tra le natiche di lei fino alle sue pieghe, spingendo leggermente le dita dentro. Zehra gemette a quel tocco, sentendo i nervi sensibili riprendere vita. Lawrence giocò con lei per un lungo istante, assicurandosi che fosse bagnata, poi le sollevò una gamba sul fianco e la avvicinò. Questa volta si spinse dentro di lei più lentamente, dolcemente, i loro corpi dondolarono mentre si sdraiavano su un fianco, uno di fronte all'altro. Fu in qualche modo più intimo, più tenero e dolce, anche se lui la possedeva in ogni modo possibile.

Io gli appartengo. Apparterrò sempre a quest'uomo dolce e seducente...

Il pensiero le fece stringere la gola e si appoggiò a lui, baciandolo disperatamente mentre raggiungevano l'orgasmo insieme.

Lawrence la strinse a sé, il suo respiro irregolare nell'orecchio di lei mentre lottava per riprendersi. Nessuno dei due parlò per molti lunghi minuti. Semplicemente esistevano insieme nello stesso spazio, con i corpi, i cuori e le menti collegati in un modo che Zehra non capiva del tutto, ma che aveva desiderato da quando aveva saputo che una cosa del genere fosse possibile.

Dopo alcuni istanti, Lawrence tirò un sospiro. «Mi dispiacerebbe lasciare questo letto, ma sono affamato. Anche tu devi esserlo. Vado a prendere da mangiare. I ragazzi dovrebbero essere già pronti.»

A Zehra non piaceva il pensiero che lui la lasciasse o che si separassero, ma a malincuore lo lasciò andare e lui si allontanò. Quando si alzò, i suoi capelli erano scompigliati nel punto in cui le mani di lei li avevano accarezzati. Era un segno semplice, ma pur sempre un segno. Lei trattenne un sorriso orgoglioso.

«Sembri un gatto che ha mangiato della panna» disse Lawrence, ridacchiando.

«Ancora parole incomprensibili.» Zehra corrugò il naso. «Dovrebbe essere una cosa negativa?»

Le diede un colpetto sotto il mento, ancora sorridendo. «Affatto. Mi piace vederti sorridere. I tuoi occhi brillano come degli zaffiri.»

Quelle lodi non avrebbero dovuto colpirla così forte. Eppure non riusciva a smettere di sorridere nemmeno se ci provava.

«La tua *chemise* dovrebbe essere già asciutta.» Lawrence si avvicinò al fuoco, completamente nudo. Zehra ebbe modo di ammirare i suoi glutei sodi e le linee snelle delle sue gambe muscolose. Era esausta ma bruciava ancora di eccitazione. Lawrence tolse la *chemise* dalla grata e tornò da lei.

Lawrence gliela porse e lei la prese, amando il modo in cui il calore del fuoco si aggrappava al tessuto. La premette sul petto nudo per un istante, sospirando di piacere, prima di farla scivolare sopra la testa e sedersi sul letto mentre lui si rivestiva.

«Resta dove sei» le ordinò, facendole l'occhiolino prima di uscire.

Zehra ridacchiò e si sdraiò sul letto. Si sentiva stranamente bene. Era entrata in una nuova condizione di donna. I misteri di cui aveva sentito parlare sottovoce ora avevano delle risposte e nessuno dei testi che aveva letto era paragonabile alla realtà di stare con un uomo.

Zehra si accoccolò di più nel letto e chiuse gli occhi. Vide il volto di Lawrence, sentì il suo bacio, percepì le sue mani sul suo corpo e il suo peso. Anche se si trovava a più di duemila chilometri di distanza dal palazzo dei suoi genitori, si sentiva come se fosse a casa. E tutto questo perché si stava innamorando dell'uomo che presto sarebbe stato costretto a mandarla via. Le lacrime le si affollarono negli occhi chiusi.

Non pensare di partire. Avete ancora qualche giorno prima di dovervi dire addio.

LAWRENCE SI APPOGGIÒ ALLA PORTA CHIUSA, fermandosi a riflettere su quanto era appena accaduto. Aveva fatto l'amore con Zehra ed era stato... Signore, era stato diverso da qualsiasi cosa avesse mai provato con una donna. Si era concentrato unicamente sul piacere di lei, mostrandole come avrebbe dovuto essere l'intimità tra un uomo e una donna.

Eppure era stata lei a insegnargli delle cose. Come il fatto che fissarla negli occhi mentre si staccava era come guardare un tramonto su un lago: acqua blu brillante immersa in una luce dorata. Lo consumava, lo annegava nella sua estasi.

Si era così aperta che lui non era riuscito a mantenere la distanza emotiva che aveva avuto in passato con le sue amanti. Stare con lei, anche solo tenerla tra le braccia, gli faceva venire voglia di dirle mille cose e di farle altrettante domande. Per la prima volta in vita sua, era affascinato da una persona in un modo che non gli bastava mai. Per questo si era trascinato fuori dal letto, non per mangiare, ma per schiarirsi le idee.

Non posso permettermi di affezionarmi. Tra meno di una settimana mi lascerà e non la rivedrò mai più.

Gli sfuggì un sospiro. Si allontanò dalla porta e scese nella sala da tè, dove trovò una barista e chiese i vassoi di cibo che aveva richiesto in precedenza. Mentre la donna gli portava la cena, lui aspettò nell'angolo vicino alle scale. Improvvisamente ebbe di nuovo la strana sensazione di essere osservato. Gli si rizzarono i peli sulla nuca e si guardò intorno. Uomini e donne occupavano la sala comune e molti erano riuniti intorno al fuoco del focolare. Alcuni uomini gli lanciarono un'occhiata, ma stavano ridendo.

Mi sto comportando da sciocco? È solo l'ombra della minaccia di mio fratello di portare via Zehra che mi fa sentire gli sguardi ovunque? Era possibile, ma non era mai stato preda di preoccupazioni tali da lasciarlo in uno stato simile.

La cameriera finalmente tornò e gli porse un vassoio di cibo. Gli aromi che si sprigionavano dai piatti erano invitanti e Lawrence si affrettò a risalire in stanza. Si guardò alle spalle, alla base delle scale, e un accenno di movimento lo fece esitare. Qualcuno lo aveva seguito? Continuò a guardare, ma non apparve nessuno. Solo allora Lawrence si sentì abbastanza sicuro da tornare in camera. Posò il vassoio e si chiuse la porta alle spalle, per sicurezza.

«Stai bene?» La voce di Zehra gli fece rivolgere uno sguardo verso il letto.

«Ehm... sì. Scusa, vieni a mangiare qualcosa.» Lawrence scoprì i piatti. C'erano una zuppa calda, della carne di montone, del pane fresco e del formaggio. Quel cibo semplice avrebbe avuto il sapore di un banchetto da re dopo aver fatto l'amore.

Zehra scivolò fuori dal letto, le sue gambe formose erano una visione allettante, mentre lo raggiungeva sulla sedia accanto al tavolino, usando una coperta come scialle.

«Sono affamata» ammise lei, timidamente.

Lawrence le porse un piatto. Mentre iniziavano a mangiare, si abbandonò alla sua curiosità.

«Dimmi, com'era casa tua? Devo ammettere che non ho mai visto nessun posto al di fuori dell'Inghilterra.»

«Vivevamo in un villaggio fuori Shiraz. Mia madre stava visitando il paese con i suoi genitori quando incontrò mio padre. Era un principe, uno scià della provincia di Fars. Stava negoziando accordi commerciali con diversi Paesi, tra cui l'Inghilterra. Mia madre rimase affascinata dalla bellezza della terra e della sua gente.»

Gli occhi di Zehra incontrarono quelli di Lawrence mentre continuava a parlare: «C'è un'aura di mistero che brilla negli occhi dei persiani, un'antica chiamata ad avvicinarsi, a conoscere il passato. Mia madre diceva che era chiamata da questa. Arrivò ad amare la Persia quasi quanto amava mio padre.»

«Vivevi veramente in un deserto?» Lawrence non riusciva a immaginare quella splendida donna che viveva in una terra arida e calda.

«In parte sì, ma non casa mia. Shiraz è una terra verde ai piedi dei Monti Zagros, un'oasi in un deserto aspro ma bellissimo.»

Lawrence le si avvicinò, ammaliato. Zehra parlava di casa sua. «Verde? Avevate dei giardini?»

Zehra annuì. «Abbiamo alcuni dei giardini più belli del mondo. E le rose... Mi mancano le rose.»

«Le rose? L'Inghilterra è famosa per le sue rose. Sapevi che abbiamo una varietà chiamata rose del tè perché profumano di tè?» sottolineò Lawrence, sorridendo.

Zehra ridacchiò. «Sì, ma tu non hai mai visto le rose *persiane*. Abbiamo rose rosa con bordi cremisi e rose gialle come la luce del sole di mezzogiorno, persino rose arancioni che hanno il corallo sulla punta dei petali.» Mentre parlava, i suoi occhi erano distanti e fece un sorriso malinconico.

«Mia madre le tagliava dai giardini e ne riempiva i vasi a centinaia. Nelle due settimane successive i petali si dispiegavano lentamente, i colori si intensificavano, prima di sbiadire definitivamente. I petali cadevano sui tavoli ed io li raccoglievo per preparare l'acqua di rose per mia madre. La mia gente crede che l'acqua di rose possa curare qualsiasi cosa.»

«Ah, l'acqua di rose, sì. Qui amiamo quel profumo. Alcune signore ci fanno persino il bagno.» Molte delle sue precedenti amanti avevano insistito sull'acqua di rose per i loro bagni.

Zehra bevve un sorso di vino e lo guardò con occhi lucidi. «Vorrei che tu avessi visto le feste che abbiamo organizzato per l'acqua di rose.»

«Feste?»

Zehra annuì. «Le donne indossavano i loro abiti più sgargianti e uscivano nei giardini prima dell'alba per cogliere i petali dalle rose. Gli uomini preparavano vasche di rame con acqua calda. Mia madre mi portava ogni anno a vedere. Ricordo ancora di aver visto i petali cadere come gocce di pioggia colorata nelle vasche ampie e il canto delle donne che accoglievano l'alba.»

Lawrence si rese conto dell'immagine che quelle parole avevano creato. Riusciva a immaginare Zehra come una bella bambina dai capelli scuri, con indosso un abito colorato, che teneva per mano la madre e guardava i petali cadere intorno a lei. La luce del mattino si sarebbe affacciata all'orizzonte, illuminando i suoi occhi azzurri. Sì, avrebbe dato qualsiasi cosa per vederlo. *Qualsiasi cosa.*

«I persiani e le rose hanno una lunga storia. Ne siamo innamorati.» Sorrise in modo impetuoso. «Mia madre diceva che mio padre la seduceva con le rose.»

«Oh?» Lawrence ascoltò avidamente. Mentre Zehra parlava del suo paese, il suo viso si trasformò, diventando ancora più bello, al punto che quella vista gli riempì il cuore fino a scoppiare. Si leccò la punta delle dita mentre finiva la cena.

«Le rose sono considerate belle e perfette. Sono l'oggetto del desiderio e dell'adorazione dell'usignolo, che rappresenta un amante e canta la sua devozione alla rosa in molte delle nostre poesie. Il poeta Omar Khayyám era uno dei preferiti di mio padre. Ricordo un po' delle sue opere.» Fece una pausa come se stesse pensando prima di ricominciare:

· · ·

Io penso, qualche volta, che mai così rossa fiorì
la rosa,

    come là dove un qualche morto Cesare sanguinò:
    e che ogni giacinto fiorito nel giardino,
    cadde nel suo grembo da qualche dolce fronte ben
amata un tempo.

Per un attimo nessuno dei due si mosse, il peso di quelle parole calò su di loro come una rete invisibile, poi Zehra continuò a parlare: «Una notte mio padre si intrufolò nella camera di mia madre e dai suoi servitori fece riempire la vasca da bagno di petali di rosa, e lì le parlò di amore e di rose.»

«Tuo padre sembra un uomo intelligente e romantico» disse Lawrence.

«Lo era» concordò lei. Il dolore le coloriva il volto con una bellezza ammaliante. Lawrence non voleva ricordarle la sua perdita, così si affrettò a chiederle qualcos'altro.

«Avevi un *beau*, in Persia?»

Zehra sembrava perplessa. «Fiocco?» Fece un gesto come per legarsi i capelli.

«No, un *beau*. Sai, un corteggiatore? Qualcuno che voleva sposarti?»

«Oh, capisco. Avevo molti corteggiatori ma non ero interessata. Mia madre mi aveva mostrato le libertà di una donna occidentale e non desideravo sposare un pretendente tradizionale. Mia madre sperava che mi recassi in Inghilterra per studiare.» Sorseggiò il suo vino e, sorridendo, continuò. «Non vedevo l'ora di venire qua e magari trovare il mio selvaggio signore inglese.»

Lawrence rise. «Ed eccomi qui, pronto a soddisfare ogni tuo desiderio.»

Zehra sollevò un sopracciglio scuro. «*Ogni* desiderio?»

«Sì, tutti.»

Zehra posò il bicchiere di vino sul tavolo e si alzò, tendendogli la mano.

«Allora portami a letto. Desidero rivedere le stelle.»

Lawrence non glielo avrebbe rifiutato. Non avrebbero pensato a ciò che riservava il futuro. Per quella sera c'era solo la bellezza che sbocciava tra loro quando si riunivano ancora una volta l'uno nelle braccia dell'altra.

Capitolo Undici

La mattina seguente Zehra dormì per gran parte del viaggio di ritorno in carrozza. La colpa era di Lawrence. Avevano passato tutta la notte a fare l'amore. Zehra era crollata verso l'alba per la stanchezza. Era vero, si *può* avere troppo di una cosa buona. Gli accarezzò la spalla mentre la carrozza si fermava.

«Sei sveglia?» La voce soave di Lawrence le fece venire voglia di sospirare e di rintanarsi di più tra le sue braccia.

«Se rispondo di no, puoi dire al cocchiere di riportarci a Richmond?» chiese, assonnata.

La risata di Lawrence la riscaldò fino alle dita dei piedi. «Non mi tentare, tesoro. Scommetto che piacerebbe più a me che a te. Perché non ti porto subito a letto e ti lascio riposare?» Le sfiorò la guancia con il dorso delle dita e lei sorrise.

«Mi sembra una buona idea, a patto che tu ti unisca a me. Basta con le stanze separate.»

«Niente più stanze separate» concordò lui. Per un istante si limitarono a fissarsi negli occhi, con i volti abbastanza vicini da potersi baciare. In quel momento Zehra sentì che non avrebbe potuto desiderare altro nella vita, se non stare con lui.

Ma il cocchiere stava aspettando per andarsene, così Lawrence aiutò Zehra a scendere. Era metà mattina quando salirono i gradini della casa in Jermyn Street. Quando la porta si aprì, il signor MacTavish li fissò con gli occhi spalancati.

«Mio signore, mi dispiace, avete ospiti. Ho detto loro che non eravate in casa, ma...»

Lawrence si irrigidì. «Chi è, MacTavish? È Avery?» Il panico nel tono del giovane scatenò un'ondata di terrore in Zehra. Avery era il fratello avrebbe dovuto prenderla, quello che aveva intenzione di rimandarla a casa.

«Ehm, non quello, è Sua Signoria.»

Lawrence aggrottò le sopracciglia. «Lucien?»

«Sì, ma ci sono anche Lord Essex, Lord Lonsdale, Lord Lennox e il signor St. Laurent... Così come le loro *mogli*.» Il maggiordomo rabbrividì a quella parola e Lawrence rise improvvisamente rivolgendosi a Zehra.

«La moglie di mio fratello e le sue amiche sono... *vivaci*. È risaputo che si cacciano in qualche guaio.»

MacTavish annuì. «Sì, *vivaci* non è una parola abbastanza indicata per le signore. Quando si riuniscono, sono come le streghe di *Macbeth*, sono...» brontolò il maggiordomo.

«Problemi?» Zehra aveva letto il *Macbeth* e dubitava fortemente che le signore fossero streghe di qualsiasi tipo, non per il modo in cui Lawrence stava cercando di trattenere un sorriso.

«Sì, l'ultima volta che le signore sono state qui, hanno passato due ore a esercitarsi a scassinare tutti gli armadietti della stanza dell'argenteria.»

MacTavish gonfiò il petto. «Quegli armadi sono impenetrabili, qualunque cosa dica Sua Grazia.»

Zehra non stava seguendo il discorso ma, quando entrarono, Lawrence si avvicinò per sussurrarle all'orecchio.

«La duchessa di Essex, Emily St. Laurent, ha forzato la serratura e MacTavish è troppo orgoglioso per ammetterlo. L'orgoglio delle Highlands lo rende convinto di custodire l'argento di casa in una fortezza impenetrabile.»

«Una duchessa stava... scassinando serrature?» chiese Zehra, ancora perplessa. Non sembrava una cosa che una signora di alto lignaggio avrebbe dovuto fare. «Perché?»

«Beh, vedi, mio fratello Lucien e i suoi amici sono conosciuti a Londra come il Circolo delle Canaglie.»

«Canaglie?» Zehra non poté fare a meno di chiedersi se quegli uomini fossero come Lawrence o se dovesse preoccuparsi.

«È solo un soprannome scelto da certi giornali per descrivere le loro imprese. Si pensava che sposandosi si sarebbero sistemati, eppure continuano a sposare creature maliziose come loro. Le mogli ora si chiamano *Circolo delle Signore Ribelli,* e si sforzano di essere all'altezza di questo nome.»

Zehra ridacchiò. «Il *Circolo delle Signore Ribelli?*» Sembrava molto più simile alle signore di cui sua madre era stata amica quando era giovane. Sua madre non aveva parlato molto dei suoi giorni in Inghilterra, ma sembrava che avesse avuto delle amiche meravigliose che si erano cacciate in guai come quello.

«L'altro ieri sera ho chiesto alla moglie di mio fratello, Horatia, di assistermi in qualcosa e ho la sensazione che il favore sia il motivo per cui sono tutti qui. Avrei dovuto aspettarmi che sarebbero venuti. Devo scusarmi in anticipo per mio fratello e i suoi amici.» Lawrence fece una pausa quando raggiunsero il salotto.

«Oh?» *L'avrebbero disapprovata?* «Dovrei andare di sopra, allora? Se ritieni che io...»

Lawrence portò le mani di Zehra alle labbra e le baciò il dorso delle dita.

«Non mi vergogno di *te*, né desidero nasconderti a loro per questo o per altri motivi. È mio fratello. È un diavolo e molto probabilmente ti prenderà in giro.»

«Qualcosa che avete in comune, allora.»

Lawrence sorrise. «Vorrei solo che tu fossi preparata. È probabile che ti tartasseranno di domande. Presumo che Lucien abbia saputo da mia madre che c'è qualcosa in ballo e sia qui per interrogarmi. Non sei obbligata a dire nulla che non desideri. Posso trovare delle scuse per te se preferisci ritirarti per il resto della serata.»

«No, per favore, vorrei conoscere tuo fratello e i suoi amici.» Chi non avrebbe voluto conoscere un intero Circolo delle Canaglie?

Lawrence ridacchiò. «Molto bene. Preparati e non dire che non ti avevo avvertita.» Aprì la porta del salotto e si trovarono di fronte a una folla di persone. Cinque gentiluomini si trovavano vicino alla finestra che dava sui giardini tre signore erano sedute sui divani accanto al focolare. Le discussioni animate nella stanza cessarono immediatamente. Un uomo dai capelli rossi, così somigliante a Lawrence da sconvolgere Zehra, si separò dagli altri uomini. Doveva essere Lucien.

«Lawrence, dannazione, chi è questa bellezza?»

«Lucien» disse Lawrence, ridendo. «Che cosa ci fate qui? Che cosa ci fa il dannato Circolo in casa mia? Ho chiesto un favore a Horatia e a un paio di amici, non a voialtri.»

Lucien sorrise. «Ho sentito che tu e Avery avete litigato un po'. Nostra madre era preoccupata e mi ha chiesto di passare a trovarti, come ti aspetteresti. Tutti gli altri hanno pensato che sarebbe stato divertente venire con noi. Allora, va tutto bene tra te e Avery?»

La luce negli occhi di Lawrence si affievolì un po'. «No, ma non devi preoccuparti.»

«Qualunque cosa abbia in mente Avery, digli che sei troppo occupato per tutte quelle sciocchezze da spia» gli consigliò Lucien. «Vorrei che almeno uno dei miei fratelli non fosse coinvolto nel pericolo.»

«La prossima volta, ci proverò» promise Lawrence, sospirando.

«Ma non è l'unico motivo per cui sono qui. Mia moglie dice che ti sta aiutando a organizzare un ballo per una giovane donna?» Gli occhi di Lucien scivolarono su Zehra, anche se non in modo sensuale, ma semplicemente curioso. «Devo supporre che siate voi quella signora?»

Zehra lanciò un'occhiata a Lawrence. Aveva parlato alla moglie di Lucien di un ballo? Forse perché la sera prima sarebbe voluta andare al ballo e non aveva potuto?

«Oh, per favore» interloquì lei. «Non dovete darvi pena per colpa mia.»

Lucien rise. «Ah, allora Lawrence non ve l'ha detto? I guai sono il nostro *forte*, no?» Fece notare quest'ultima parte ai suoi compagni e fece loro cenno di avvicinarsi.

Gli altri uomini che ancora indugiavano vicino alle finestre si unirono a Lawrence e a Zehra, e le signore si alzarono dai divani per andarle incontro.

«Suppongo che dovrò fare le presentazioni» mormorò Lawrence tra sé e sé. «A tutti, vorrei presentare la signorina Zehra Darzi. Questo è chiaramente mio fratello Lucien, il Marchese di Rochester, e sua moglie Horatia.» Poi con un gesto indicò un uomo dai capelli scuri e dagli occhi verdi e una donna dai capelli ramati al suo braccio. «Lui è Godric, il Duca di Essex, e sua moglie, Emily. Poi c'è naturalmente la signorina Audrey Sheridan.» Fece un cenno a una brunetta minuta con deliziosi occhi castani. Lawrence sembrò guardarsi intorno. «Tra gli uomini ne conto solo cinque. Se posso chiedere, dov'è Lord Sheridan?»

«Cedric è in campagna con Anne. Ah, che bello essere appena sposati!» aggiunse Lucien con una risatina.

Horatia punzecchiò il marito alle costole. «Siamo appena sposati» gli ricordò. Il giovane le sorrise, facendola arrossire.

«Capisco» continuò Lawrence. «Beh, Horatia e Audrey sono sorelle. E poi c'è Ashton, il barone Lennox.» Zehra seguì il cenno di Lawrence verso un uomo alto dai capelli biondi e dagli intensi occhi blu che inclinò la testa. «E lui è Jonathan St. Laurent, fratellastro di Godric.» Zehra vide che il bell'uomo dai capelli color sabbia aveva gli stessi occhi verdi del fratello.

«Lasci il meglio per ultimo, vedo?» disse un uomo dai capelli dorati e dagli occhi grigio-argentei, strizzando l'occhio a Zehra.

«Sicuramente salvando il più disdicevole» ribatté Lawrence con un sorriso. «È Charles, il conte di Lonsdale.»

A Zehra girava la testa per tutte le presentazioni. Le signore la liberarono delicatamente dal braccio di Lawrence e la allontanarono dal gruppo intimidatorio di uomini.

«Venite» disse Emily. «Noi donne vorremmo passare del tempo con voi.»

«Zehra, che bel nome» intervenne Horatia. I suoi occhi marroni erano caldi e gentili.

«Grazie» balbettò Zehra.

«Siete persiana?» le chiese Emily.

«Sì, come lo sapete?» Zehra era stupita di trovare qualcuno che riconoscesse le origini del suo nome.

Emily ridacchiò. «Siamo tutte lettrici voraci. Qualche mese fa mi sono appassionata alla storia della Persia. Da dove venite esattamente, se posso chiederlo?»

«Dal sud di Shiraz.»

«Ah, certo.» Emily annuì. «Giardini incantevoli, mi sembra di capire.»

«Sì, proprio ieri stavo raccontando a Lawrence dei giardini e di come produciamo l'acqua di rose.»

«Create un profumo all'acqua di rose assolutamente *eccezionale*» aggiunse Audrey. Il viso angelico della giovane sembrava carico di innocenza, ma a Zehra non sfuggì l'intelligenza che lampeggiava dietro i suoi occhi.

«È vero» annuì Zehra. Guardò alle sue spalle gli uomini, che ora stavano parlando tra loro e non prestavano più attenzione alle signore.

«Zehra... Ti dispiace se ti chiamo Zehra?» chiese Emily.

«Niente affatto, Vostra Grazia. È questo il modo corretto di rivolgersi a voi?»

«Sì, ma per favore, sono Emily per gli amici» insistette. «Noi signore siamo abbastanza brave a scoprire le cose, e Horatia è venuta a sapere che ci deve essere qualcosa di importante su di te, poiché Lawrence ha richiesto di organizzare un ballo privato per te.»

Zehra non parlò. Non era sicura di cosa Emily sperasse che dicesse.

«Quello che intende dire» interruppe Horatia, «è che chiaramente non sei una... *amante* di Lawrence. Non mi chiederebbe mai una cosa del genere, a meno che... a meno che non ci sia qualcosa di *speciale* in te.»

«Speciale?» Zehra scosse la testa. «Temo di non essere speciale. Tutt'altro. Io...» Non era del tutto sicura di cosa avesse provocato il diluvio di lacrime ma ora si stava asciugando freneticamente gli occhi. Forse era passato troppo tempo dall'ultima volta che aveva frequentato donne della sua età in un ambiente informale e libero e non su una nave di schiavi.

Emily le mise un braccio intorno alle spalle e la fece accomodare su un divano. «Oh, cielo. Mi dispiace molto se ti ho offesa.»

«Che cosa possiamo fare?» le chiese Audrey.

«Mi dispiace, non dovrei proprio piangere. In verità, non avete fatto nulla per offendermi.» Zehra ben presto si ritrovò a raccontare alle signore tutto quello che era successo, dal momento di terrore della notte in cui il palazzo era stato assalito, al modo audace in cui Lawrence l'aveva salvata e condotta lì.

«Sei davvero una principessa persiana?» Emily portò una mano sul cuore. «Oh cielo, sei davvero speciale.» Il complimento fece arrossire Zehra.

«Sì, mio padre era un sovrano nella zona di Shiraz. Per questo è stato ucciso. Al-Zahrani voleva il potere di mio padre e voleva me per il suo letto.»

Tutte e tre le signore trasalirono, e Horatia aggrottò la fronte.

«Non hai raccontato a Lawrence di questo Al-Zahrani?» le chiese Audrey.

«Sì, ma non gli ho mai detto che Al-Zahrani mi ha seguita in Inghilterra. Chiunque si metta tra me e quell'uomo ripugnante non può che essere messo in pericolo.

È per questo che non sono andata a cercare la famiglia di mia madre. Quando l'ho sentito parlare nei giardini della *White House*, ha detto al suo compagno che avrebbe fatto visita alla mia famiglia. Temo che possa far sorvegliare la casa nel caso in cui cercassi di andarci da sola.»

«E non puoi mandare Lawrence perché Al-Zahrani probabilmente lo riconoscerebbe dall'asta.»

«Sì.» Zehra sospirò, in modo affannato. «So che devo lasciarlo per proteggere lui e la mia famiglia.»

Emily scosse la testa. «Anch'io una volta ci ho provato. Devi fidarti di me: abbandonare le persone per il loro bene non finisce mai bene. Sono finita ferita in fondo alle scale dopo che un uomo che voleva possedermi ha cercato di uccidermi. Godric era così furioso che non mi ha persa di vista per due mesi. Mi sono piaciute molto le sue attenzioni, ma avere un gentiluomo come cane da guardia diventa piuttosto noioso, soprattutto durante gli impegni privati per il tè. Continuava a guardare le mie amiche come se si aspettasse che da un momento all'altro impugnassero coltelli o pistole. Gli uomini sono piuttosto sciocchi.»

Zehra sorrise. «Che cosa pensi che dovrei fare? Lawrence non sa che Al-Zahrani è qui e tu non devi dirglielo. Farà qualcosa di coraggioso e nobile...»

«E avventato. Hai ragione. Sono certa che glielo dirai al momento giusto. Ma credo che potremmo aiutarti a modo nostro. Chi è la famiglia di tua madre? Cominciamo da lì.»

«Mia madre era figlia del conte di Denbruck.»

Audrey si coprì la bocca per un istante. «Tuo nonno è Lord Lyon? Oh, è così caro! Sa di te?»

«Non ne sono sicura. Mi hanno detto che mio nonno ha ripudiato mia madre quando si è sposata. Mia madre parlava raramente della sua famiglia in Inghilterra.» Zehra si avvicinò per toccare il suo medaglione, che recava i ritratti in miniatura dei suoi genitori. «Ho paura di andare a trovarlo, e non solo perché Al-Zahrani veglia sulla sua casa.»

«Beh, potremmo andare a prendere il tè con lui e chiedere di tua madre, se vuoi» disse Horatia. «Al-Zahrani non cercherà tre signore inglesi, non se si aspetta di vederti correre alla porta.»

Zehra si illuminò. «Pensi che sia una buona idea?»

Emily annuì. «Sì. Nessuno rifiuta la Duchessa di Essex per un tè.»

«Sa avere molto tatto nelle sue domande» aggiunse Audrey. «E spaventosamente schietta quando il tatto viene meno.»

Gli occhi di Zehra si velarono di nuovo di lacrime. «Grazie.»

«Non c'è di che» disse Emily, sorridendo dolcemente. «Ora asciugati gli occhi, perché arrivano i signori. Non possiamo permettere che Lawrence ti veda piangere. Potrebbe arrabbiarsi con noi.» Quel tono stuzzicante era confortante. Zehra non poteva dire a Emily o alle altre che forse le rimaneva poco tempo per vedere suo nonno, che il nonno la accogliesse o no nella sua casa.

Lawrence fu il primo a raggiungerle. «Zehra. Che ne diresti di un ballo domani sera? Un piccolo ballo a casa di Lord Essex? Ti piacerebbe?»

Zehra si alzò e congiunse le mani. «Sì, sarebbe meraviglioso.»

«Eccellente.» Lucien si avvicinò alle spalle di Lawrence e gli diede una pacca sulla schiena. «Te l'avevo detto che era una buona idea.»

Lawrence lanciò un'occhiata al fratello. «Certo che è una buona idea, è stata una *mia* idea.»

«Naturalmente.» Lucien strizzò l'occhio a Zehra. «A quanto pare, avremo un ballo privato. Il trucco sarà evitare che nostra madre lo scopra.»

Lawrence impallidì. «Dannazione, non avevo pensato a lei. È un dannato segugio, capace di fiutare qualsiasi evento sociale. E Linus? Sicuramente potrebbe distrarla, portarla all'opera per la serata o altro?»

«Potrebbe funzionare» concordò Lucien.

Zehra cercò di non sorridere mentre guardava Lawrence e Lucien conferire. Era un po' come un uomo che parlava con il proprio riflesso.

«Lascia che mi occupi io di nostra madre» disse

infine Lucien. «Le dirò che deve far confezionare un abito da battesimo per il suo primo nipotino. Questo la terrà occupata.»

Gli uomini nella stanza ridacchiarono, ma Emily e le sue Signore Ribelli sgranarono gli occhi.

Audrey si appoggiò a Zehra e sussurrò dietro la sua delicata mano guantata. «Questi uomini nutrono questa stupida idea di poterci distrarre con la moda. È impossibile. Io adoro la moda, ma non mi distrarrebbe mai da qualcosa che ritengo importante.»

Zehra sorrise all'altra donna, sentendo un'affinità tra loro che non provava da molto tempo. In un'altra vita, il Circolo delle Canaglie e quello delle Signori Ribelli sarebbero potuti diventare i suoi più cari amici.

Zehra sorrise a Lawrence. Quando lui ricambiò il sorriso, lei avrebbe potuto volare per l'impeto di pura gioia che le procurò.

Non pensare ai giorni che ti restano. Vivi questo momento per non sentire il tuo cuore spezzarsi.

Capitolo Dodici

Emily St. Laurent, la Duchessa di Essex, sedeva nel salotto della casa di Lord Denbruck a Mayfair, sorseggiando un tè. Accanto a lei, Horatia e Audrey tenevano anch'esse in mano delle tazze da tè. Lord Denbruck, un uomo anziano che portava ancora le vestigia dei suoi bei lineamenti, aveva deliziato le signore con i racconti della sua giovinezza.

«Mio signore» disse Emily in una pausa appropriata della conversazione. «Il ritratto dietro di voi... posso chiedervi chi è?» Annuì gentilmente a una bella donna dai capelli biondi dipinta con un abito verde, appoggiata a un pilastro coperto di edera inglese. Quella donna era la madre di Zehra, Joan, ne era certa. La somiglianza negli occhi era sconcertante. Anche se Zehra aveva i capelli scuri e la pelle olivastra, quegli occhi non potevano essere confusi.

«Quella è mia figlia, Joan.» Lord Denbruck emise un sospiro stanco. «Ho altri due figli, Elizabeth e Archibald. Joan era la mia primogenita.» Fece una risatina, anche se era più triste che umoristica. «Avevo giurato di non fare favoritismi ma, dannazione, se non è stato così.»

«Che cosa le è successo?» chiese Audrey.

Denbruck distolse lo sguardo. «È morta. Solo poche settimane fa. Viveva in Persia, dove aveva sposato uno scià locale, Rafay Darzi, che aveva conosciuto mentre ero lì a stringere accordi commerciali.»

«Oh?» Emily sospirò.

«È accaduto più di vent'anni fa. All'epoca ero piuttosto arrabbiato con lei. Pensavo che avrebbe dovuto sposare un giovane inglese e...» Il tono della sua voce si ammorbidì. «Temo di aver rovinato tutto con Joan. Si sposò lo stesso e la nostra famiglia si sfasciò, come tende a fare chi è troppo ostinato per riparare le cose. Non voleva tornare a casa a trovarci ed io ero troppo orglioso per chiederglielo.»

Una lacrima gli scese sulla guancia ed Emily temette che non avrebbe continuato, ma lo fece. «Amavo Joan. Ho persino accettato l'uomo che ha sposato, ma non riuscivo a pregarla di tornare in Inghilterra per vedermi.

Per tenerla d'occhio ho assunto il figlio di un amico che era rimasto nella zona. Nel corso degli anni, mi ha inviato rapporti, mi ha detto come stavano mia figlia, mio genero e mia nipote.»

«Nipote?» gli chiese Horatia, scambiando uno sguardo vittorioso con Emily.

«Sì, mia nipote Zehra. Non ho mai avuto l'occasione di conoscerla ma ho sentito dire che era una donna adorabile. Solo di recente ho saputo che Joan aveva progettato di mandare Zehra in Inghilterra per un certo periodo e aveva chiesto la mia benedizione. Ahimè, la povera ragazza non ne ha mai avuto la possibilità.»

Emily si sporse in avanti. «Era? Non ditemi...»

«Sì. È morta con i suoi genitori a causa di una lotta tra tribù in guerra, o qualcosa del genere. Quella parte del mondo è politicamente turbolenta. Ho saputo solo pochi giorni fa che sono morti.» Si asciugò un'altra lacrima. «Perdonatemi, signore, ma temo di non essere ancora riuscito ad accettare tutto questo.»

Emily e le sue amiche si affrettarono a rassicurarlo che quello sfogo di emozioni non era sgradito.

«Ho rovinato il nostro tè, vero?» chiese, infine, l'uomo.

«No, certo che no.» Emily attraversò il tavolo da tè e gli accarezzò la mano. «Anzi, tra qualche giorno vorremmo invitarvi a un ballo. Mio marito voleva incontrarvi, se volete unirvi a noi.»

«Mi piacerebbe molto» rispose Denbruck. «Avrò anche la barba un po' grigia ma mi piace molto ballare.»

«Meraviglioso! Vi manderò l'invito. Dovremmo lasciarvi riposare, mio signore.» Emily fece un cenno lieve alle sue amiche e si lasciarono accompagnare da Lord Denbruck alla porta.

Quando salirono sulla carrozza privata, Emily era decisamente su di giri.

«Vorrà vederla, non credete? Non sa ancora che è viva, ma quando lo scoprirà, sarà felicissimo. È *perfetto*.»

Sia Horatia sia Audrey annuirono.

«Come possiamo farli incontrare?» chiese Horatia.

«Naturalmente questo farà arrabbiare gli uomini ma credo che dovremmo invitare Lord Denbruck al nostro piccolo ballo di domani sera.» Emily strinse i guanti.

«E se rifiutasse di venire?» chiese Audrey.

«Allora gli racconteremo la verità. Non ha senso tenerla segreta. Sapere che Zehra è qui, viva e vegeta... Lord Denbruck sarà desideroso di vederla.»

«Ma che ne sarà di Al-Zahrani?» Gli occhi di Horatia erano scuri di preoccupazione.

«Mi rifiuto di lasciare che quell'uomo malvagio maltratti la nostra nuova amica. Non è che non abbiamo mai affrontato il pericolo. Solo che questa volta abbiamo un'idea chiara di chi c'è dietro. Forse possiamo mettere il Circolo in guardia. Potrebbero fare i turni per sorvegliare Denbruck e la sua famiglia. Naturalmente dovremo dire a Lawrence che Al-Zahrani è qui. Deve saperlo. Ma prima dobbiamo presentare Zehra a Lord Denbruck. Una volta fatto questo, potremo escogitare un piano per la sua sicurezza.»

Emily si morse il labbro, pensierosa. Ricordava fin troppo bene come si era sentita impotente e terrorizzata da un uomo che voleva possederla e spezzarla. Per fortuna Godric l'aveva salvata da quell'uomo orribile. Non aveva intenzione di lasciare che Zehra subisse ancora quel destino.

Emily era convinta che il suo piano avrebbe funzionato. Si trattava solo di incastrare i pezzi nel giusto ordine.

La sera del ballo, Zehra era molto nervosa. Non aveva mai partecipato a un evento del genere prima di allora, ma aveva ascoltato per ore, sulle ginocchia di sua madre, cosa significasse quell'esperienza. Quando scese le scale per incontrare Lawrence, i suoi occhi si allargarono e le sue labbra si socchiusero. Sorrise, ma, stranamente, si sentì timida. Eva l'aveva aiutata a vestirsi e lei si era sentita più principessa quella sera che a Shiraz.

Indossava un abito da sera blu zaffiro, semplice ma elegante, con una leggera rete dorata sul corpetto e su parte della gonna. Era uno stile che le ricordava molto gli abiti di casa. La scollatura bassa offriva una bella vista del suo decolleté e dell'inclinazione del collo e delle spalle. Il corpetto era ricamato con stelle dorate fino a formare delle costellazioni. La sarta, Madame Ella, aveva un gruppo di sarte piuttosto abili e creative nei loro disegni, cosa che Zehra apprezzava immensamente.

«Mio Dio, sei una visione» disse Lawrence, raggiungendola.

Le prese il viso tra le mani e la baciò. Il calore divampò tra loro e per un attimo Zehra dimenticò dove si trovava. Lawrence aveva un modo di baciarla che sembrava inghiottire il tempo, intrappolandoli in un bozzolo di sensazioni meravigliose dove nient'altro poteva esistere. Quando finalmente le loro labbra si separarono, lei lo seguì per qualche centimetro mentre lui si ritirava e dovette fermarsi.

«Per quanto mi piacerebbe portarti di sopra e farti mia, ti ho promesso un ballo. Inoltre, non devo deludere la Duchessa di Essex. Lei adora dare una mano e so che ha organizzato questo evento con particolare cura.»

Zehra sorrise. «È davvero meravigliosa. Tutti i tuoi amici lo sono.»

Lawrence ridacchiò. «Sì, il Circolo e le loro mogli sono meravigliosi, ma se osi dire a mio fratello che ho detto questo, lo negherò fino all'ultimo respiro. Ora, vieni. La nostra carrozza ci sta spettando.»

Zehra infilò il braccio in quello di Lawrence e uscirono. Quando arrivarono a casa di Emily, lo stomaco della giovane era assediato da una nuova legione di farfalle. Si toccò la pancia delicatamente e Lawrence se ne accorse con una smorfia.

«Stai bene?»

«Oh, sì. Sono semplicemente nervosa.»

Gli occhi nocciola di Lawrence si addolcirono. «Non ce n'è bisogno. Conosci tutti i presenti. Devi divertirti. Non preoccuparti di nulla. Promettimelo.» Le sollevò il mento mentre raggiungevano la porta della villa.

«Lo prometto.»

«Bene.» Lawrence batté il battente contro la porta e un cameriere li fece accomodare. Una luce dorata illuminava l'interno e il suono della musica risuonava già nella sala. Il cameriere condusse Zehra e Lawrence in una piccola sala da ballo, dove alcune coppie erano già impegnate a ballare. Zehra vide Godric ed Emily ballare il valzer e provò invidia. Voleva ballare con Lawrence in quel modo. Sentirlo vicino e lasciare che la musica le entrasse nel cuore e nell'anima.

Appoggiò la reticella su una sedia accanto alla parete. «Possiamo ballare?»

«Assolutamente sì.» Lawrence tese le mani. «Conosci il valzer?»

Zehra annuì e si precipitò tra le braccia del giovane.

«Mia madre assunse un precettore che mi insegnò tutte le danze inglesi, ma era un inglese molto vecchio.»

Lawrence la tirò a sé e lei arrossì. «È un'esperienza molto diversa, ballare il valzer con un amante» le disse, a voce abbastanza bassa affinché solo lei potesse sentire.

Cominciarono a ballare. Il ballo privato fu tutto quello che Zehra aveva sognato: luci di candela, musica, il suo cuore che batteva forte, il suo corpo che ronzava di gioia per l'emozione di essere viva in quel momento. Era come se ogni briciola di oscurità fosse stata bandita dal suo cuore. Aveva perso il conto del numero di balli che aveva danzato, ma aveva ballato tutti con Lawrence, anche quando gli altri signori avevano scherzosamente pregato Lawrence di condividerla. Lui li allontanò tutti. Ballò una quadriglia, un valzer, un minuetto e persino un boulanger, che la fece ridere mentre ballava in cerchio con gli altri.

E nonostante i suoi sforzi, si innamorò di lui sempre di più. Aveva fatto l'unica cosa che sapeva sarebbe stata pericolosa per il suo cuore: si era innamorata di un uomo che non avrebbe mai più rivisto. Le lacrime le punsero gli occhi quando il ballo finì.

Lawrence le si avvicinò. «Va tutto bene?» le chiese, preoccupato.

Zehra abbassò la testa. «Sì.»

«Volevo che questa fosse una serata speciale, perché...» Il viso di Lawrence ora era rosso fuoco.

«Sì?» Il cuore della giovane cominciò a battere all'impazzata, e lei temeva troppo che lui potesse aiutare quella sciocca emozione chiamata *speranza* a sbocciare dentro di lei, quando sapeva bene che non poteva credere che lui avrebbe potuto...

Le porte della sala da ballo si spalancarono e un uomo dai capelli rossi fece irruzione con altri, tutti con un'espressione truce. I violini stridettero fino a fermarsi, interrompendo il ballo mentre tutti intorno a Zehra e Lawrence affrontavano gli uomini all'ingresso.

Lucien si fece avanti. «Avery? Che cosa significa?»

«Avery...» sussurrò Zehra, con il petto colmo di terrore. Era il fratello di Lawrence, l'uomo che l'avrebbe portata via, messa su una barca e spedita in una casa dove aveva perso tutto.

«Zehra» disse Lawrence lentamente. «Mettiti subito dietro di me.» Si mise di fronte a lei, con le braccia tese a farle da scudo.

«Lawrence, con la presente ti viene ordinato di consegnare la donna in tuo possesso, per ordine del Ministero degli Interni. Se non ottemperi, sarai posto in arresto e dovrai affrontare un'udienza davanti al magistrato.»

«In nome di Dio, che cosa stai facendo?» ringhiò Godric. «Non hai il diritto di...»

«Vostra Grazia, temo non solo di avere il diritto, ma anche il dovere. Per ordine della Corona.» Avery porse a

Godric un foglio. Questi lo lesse e il suo volto scolorì, porgendolo a Lucien senza parlare. Lucien scorse la pagina e lanciò un'occhiata ad Avery e a Lawrence, restituendo il foglio.

«Cosa?» Emily prese la parola. «Che cos'è? Cosa dice?»

Godric si schiarì la gola. «Hanno l'autorità di prendere Zehra immediatamente e di imprigionare Lawrence e chiunque altro opponga resistenza.»

«Imprigionare?» Horatia strinse il braccio del marito. Lucien fissò intensamente Avery.

La voce di Godric si fece dura, ma in essa si nascondeva una nota di sconfitta. «Signore, se volete essere così gentili da aspettare nell'altra stanza mentre risolviamo la questione.»

Gli occhi di Emily si allargarono. «Godric, no. Non lo permetterò. Ci sono cose che dovete sentire tutti prima di precipitarvi a...»

«Emily, amore mio, non mi fa piacere dirlo, ma dovete lasciare subito la stanza. Non voglio che diventiate parte di ciò che deve accadere.»

«Godric, non capisci...»

Ma il Duca di Essex aveva già fatto un cenno alla servitù presente nella stanza di scortare fuori Emily e le altre prima che potessero completare la loro protesta, anche se Emily riuscì a sbottare dicendo che erano tutti incredibilmente testardi al riguardo. Ma nessun uomo la sentì.

Ora c'erano solo Lawrence e il Circolo ad affrontare gli uomini di Avery, con Zehra intrappolata tra loro. Era premuta contro la schiena di Lawrence e ogni muscolo che toccava era duro come la pietra. Chiuse gli occhi, accettando con terrore e strazio ciò che doveva fare.

«Lawrence... devo andare con lui» disse la giovane. Cercò di aggirarlo, ma lui si mosse, rimanendo tra lei e il fratello.

«No. Non gli permetterò di prenderti. Non dopo tutto quello che...» La voce di Lawrence si incrinò. I suoi occhi nocciola scintillarono e lei temette che se avesse pianto non sarebbe stata in grado di fare ciò che doveva.

Zehra si morse forte il labbro. Il suo cuore stava andando in frantumi e, dallo sguardo di Lawrence, anche quello di lui.

«Hai fatto tanto per me, Lawrence, mi hai dato tante cose meravigliose in questi ultimi giorni, e non lo dimenticherò mai. Non ti dimenticherò mai.» *Finché vivrò, tu terrai il mio cuore, non importa la distanza che ci separa.*

Zehra arricciò le dita nel gilet di lui e lo tirò a sé, baciandolo davanti a tutti i presenti. Non avrebbe mai avuto un'altra occasione. Le tremava la bocca cercando di imprimere quell'ultimo bacio nella sua anima. Non sarebbe mai stato abbastanza, ma era tutto ciò che avrebbe avuto. Si allontanò, portando la mano alla bocca e combattendo un singhiozzo.

«No» implorò Lawrence. «*No...*» Allungò la mano per afferrarla, ma lei si allontanò, barcollando. Doveva andare. Non c'era altro modo per proteggerlo da Al-Zahrani, né da Avery.

«Perdonami, Lawrence» Zehra riuscì a malapena a parlare, nonostante il dolore alla gola.

Capitolo Tredici

Avery incontrò Zehra al centro della sala da ballo e la afferrò per un braccio. La giovane trasalì, non per il dolore, ma per il ricordo della notte in cui il banditore l'aveva afferrata allo stesso modo. Non come se fosse una persona, ma come un oggetto.

«Avery, non puoi farlo!» esclamò Lawrence, con un tono carico di furia e di panico. «Se la farai rimpatriare, Zehra dovrà affrontare di nuovo la schiavitù.»

Avery scosse la testa. «Ti assicuro che i negrieri vengono perseguiti, sia qui sia all'estero. E ti avevo avvertito che bisognava farlo.»

«Sì, tra una *settimana*» rispose Lawrence. «Quel tempo non è ancora passato. Perché questo ingresso improvviso? Non ti accontentavi di una conclusione pacifica? Avevi bisogno di una dimostrazione di forza? Perché?»

Il volto di Avery si indurì. «Le cose sono cambiate, fratello. L'ambasciatore persiano è stato informato di quanto è accaduto alla *White House* e, indignato, ha chiesto una risoluzione rapida della vicenda. In qualche modo è venuto a sapere che tu avevi una di quelle donne, e ha insistito perché agissimo immediatamente.»

La voce di Lawrence si alzò. «Non possiedo...»

«La questione è diventata più grande dei tuoi giochi o del tuo bisogno di fare l'eroe per soddisfare la tua lussuria, Lawrence. Si tratta della stabilità del nostro impero.»

«Lussuria?» Lawrence ora stava gridando. «*Non* si è mai trattato di lussuria. Si trattava di giustizia, equità, compassione e... *amore.*» Pronunciò la parola con tranquilla riverenza e, poiché la sala da ballo si era ammutolita, tutti udirono.

Avery sbuffò, il che sembrò solo indurire la determinazione di Lawrence. «Giuro davanti a Dio che combatterò per lei, se necessario. Al diavolo la tua autorità.»

Zehra rabbrividì di fronte a quell'uomo che da un lato l'amava così profondamente e, allo stesso tempo, minacciava suo fratello.

«Non fare lo sciocco romantico, Lawrence.» Avery fece un cenno agli uomini alle sue spalle. «Sei contro uno. Sei sempre stato uno sciocco nello scegliere i tuoi sfidanti.»

«Direi che le probabilità sono più che altro sei contro sei.» Godric fece un passo avanti, flettendo le braccia. Il resto del Circolo, Jonathan, Charles, Ashton e Lucien, si fecero tutti avanti facendo a Lawrence dei cenni in segno di sostegno.

«Mi scuso. Ho sbagliato i conti» disse Avery. «Tuttavia, io parlo a nome della Corona e la Corona parla a nome dell'Impero. I vostri titoli e i vostri privilegi non possono proteggervi in questa faccenda. Sarete tutti accusati se opporrete resistenza. Vi prego di non rendere le cose difficili.»

Charles rise. «Purtroppo non è la prima volta che sento questa minaccia. Non mi ha spaventato allora e non posso dire che mi spaventi adesso. Sono abbastanza contento di stare al fianco di Lawrence, come tutti gli uomini qui presenti.»

Uno dopo l'altro gli altri si avvicinarono, come se si preparassero alla battaglia. Zehra non riusciva a credere a ciò che stava vedendo. Il Circolo si era radunato con Lawrence. Per lei.

«Lawrence, sii ragionevole.» La presa di Avery sul braccio di Zehra si allentò mentre supplicava il fratello. «Sarebbe tornata a casa presto e comunque. Che importanza ha se è oggi o domani? Non costringermi a farlo.»

«Questo è *sbagliato* e tu lo sai» lo avvertì Lawrence.

Avery abbassò la testa. «Mi dispiace. Non l'ho mai voluto. Ma ho degli ordini e non posso disobbedire. Non capisci qual è la posta in gioco.»

«Allora cosa scegli, Avery? Il tuo dovere o la tua famiglia e i tuoi amici?» Lawrence lasciò la minaccia in sospeso.

Avery strinse la presa sul braccio di Zehra. «Mi chiedi di scegliere tra la mia famiglia e il mio Paese. Credo che tu conosca già la mia risposta.»

Tutto ciò che seguì fu confuso. Avery gridò ai suoi uomini di resistere mentre il Circolo e Lawrence si precipitavano su di loro. Avery indietreggiò, tenendo Zehra con sé mentre la conduceva alla porta. La sala da ballo era piena di urla e caos, mentre gli uomini si scambiavano colpi.

«Stai indietro, non voglio che tu ti faccia male.» Le mani di Avery erano delicate e le facevano da scudo mentre il Circolo combatteva contro i Bow Street Runners. Fu una fortuna che nessuno osasse estrarre le armi. Ciascuna delle due parti scelse invece di tirare di boxe o di lottare con l'altra, cercando di costringerla a sottomettersi. Zehra cercò di intravedere Lawrence. Il suo cuore batteva forte mentre un'ondata di panico la investiva.

«Da questa parte.» Avery e Zehra raggiunsero la porta della sala da ballo, ma all'improvviso Avery fu scaraventato contro il muro. Lawrence lo tenne per la gola, bloccandolo.

«Se me la porti via» sibilò Lawrence, «non ti perdonerò mai. *Mai.*»

La presa di Avery sul braccio di Zehra si allentò, le sue dita scivolarono via da lei mentre sospirava. I suoi occhi nocciola bruciavano di rammarico. «Prendila allora, maledetto. Ma ne affronterai le conseguenze.»

Zehra inciampò all'indietro, massaggiandosi il polso. Solo allora si rese conto che altri si trovavano sulla soglia della sala da ballo a pochi metri da lei. Una donna elegante dai capelli rossi e un bell'uomo anziano dai capelli d'argento. Dietro di loro c'erano Emily e le altre donne, che non sembravano troppo soddisfatte del loro recente esilio.

«In nome di Dio, che cosa sta succedendo?» chiese la donna. Il suo tono attraversò la stanza con la forza di un fulmine. Il combattimento si interruppe bruscamente quando Avery ordinò ai suoi uomini di ritirarsi.

Lawrence lasciò andare Avery e si spostò accanto a Zehra, stringendole la mano tremante. «Madre?»

Madre? Era la madre di Lawrence? Zehra non poteva non notare la somiglianza dei loro tratti, naturalmente, ma fu comunque uno shock. Gli occhi della donna anziana scivolarono su Zehra e il suo volto si svuotò di ogni colore.

«No, non può essere...»

La voce, però, non era quella della donna. L'anziano

accanto a Lady Russell fece un passo in avanti, le sue mani tremavano mentre tendeva la mano a Zehra. La giovane si sarebbe allontanata da chiunque altro... ma c'era qualcosa di familiare in lui. La rassicurava in un modo che non sapeva spiegare. L'uomo fissò il medaglione.

«Lo stemma della famiglia Denbruck. Santo Cielo, sei proprio tu... Ma come? Mi è stato detto...» L'uomo fissò Zehra come se fosse uno strano miscuglio di fantasma e miracolo.

«Chi è?» chiese Lady Russell.

«È la figlia della mia defunta... figlia. La piccola Zehra. La mia rosa del deserto.» La voce dell'uomo si incrinò quando sfiorò il viso di Zehra.

«Voi... voi mi conoscete?» chiese Zehra, troppo spaventata per sperare che la risposta che potesse ricevere fosse quella che desiderava sentire.

«George Lyon, conte di Denbruck, ma soprattutto... sono tuo nonno.» L'uomo sorrise, esitante, e aprì le braccia. Per un attimo Zehra non riuscì a respirare e si limitò a fissarlo, quell'uomo era la sua famiglia e la aspettava a braccia aperte.

Si precipitò da lui, premendogli il viso contro il petto. Era più alto di quanto avesse immaginato e le sue braccia erano forti mentre la stringeva. *Mio nonno... È davvero qui...* Chiuse gli occhi con forza, bloccando le lacrime che presto sarebbero arrivate.

La madre di Lawrence si riprese più rapidamente degli altri, riuniti intorno a loro. Emily e le altre signore la raggiunsero sulla porta. «È meglio che qualcuno mi spieghi che cosa sta succedendo. Lawrence, Avery, perché state litigando di nuovo? E perché *tutti hanno litigato?* Esigo delle risposte, e per Dio le otterrò.»

La Duchessa di Essex le si avvicinò. «Se permettete, Lady Russell.» Sussurrò qualcosa all'orecchio della matriarca. La donna più anziana annuì e poi lei ed Emily uscirono insieme dalla stanza, anche se lanciò un'occhiata ai figli che indicava che la questione era tutt'altro che conclusa.

La gola di Zehra si strinse quando si voltò verso il nonno. «Posso avere un minuto da sola per parlare con voi, mio signore?» chiese, sobbalzando per l'emozione.

«Certamente. Qualsiasi cosa per te» rispose Lord Denbruck, sorridendo.

Lucien fece un cenno al Circolo e alle signore rimaste. «Noi ci ritiriamo. Avery, prendi i tuoi uomini e torna a casa, a meno che non sia tua intenzione spedire la nipote di un pari in Persia?»

«No. Certo che no» disse Avery, con tono duro.

Denbruck appoggiò un braccio sulle spalle di Zehra in modo protettivo. «Che succede?»

«Sembra che ci sia stato un malinteso, mio signore» rispose Avery. «Se qualcuno si fosse preoccupato di informarmi, non avremmo mai...» Si interruppe, gli occhi si addolcirono e lanciò uno sguardo di scuse a Zehra. «Mia signora, se avessi saputo che eravate parente di Lord Denbruck, giuro che avrei risolto la questione molto prima e in modo molto più amichevole. Vi prego di perdonarmi.»

Zehra fece un piccolo cenno. Capiva, forse meglio di Lawrence. Avery stava mantenendo la pace tra le nazioni. Suo padre aveva affrontato decisioni difficili simili. A volte fare ciò che è giusto non è la stessa cosa che fare ciò che deve essere fatto. Ma Zehra temeva che questo sarebbe costato il rapporto fra i due fratelli.

Avery fece cenno ai suoi uomini di andare via. Tutti gli altri avevano lasciato la stanza ma Lawrence si rifiutò di andarsene.

Zehra gli prese le mani tra le sue. «Lawrence, ti prego, aspettami fuori.»

Gli occhi del giovane le scrutarono il viso. «Ho paura che tu sparisca se chiudo gli occhi. Non lo farai, vero? Non posso perderti, Zehra.»

Quelle parole la fecero tremare di paura e di speranza in egual misura. «No. Non andrò da nessuna parte» gli promise. Anche lei provava le stesse emozioni, come se nel momento in cui lui avesse varcato la porta, sarebbe potuto scomparire. Lawrence lanciò un'occhiata a Denbruck e annuì, poi i due rimasero finalmente soli.

«Mio signore» Zehra si rivolse all'uomo più anziano.

«Nonno, o George, per favore. Insisto. Siamo una famiglia.»

«Nonno.» Zehra provò la parola e le sembrò giusta. «Mia madre e mio padre sono... morti.»

«Lo so, bambina.»

Lo shock la fece vacillare. «Davvero?»

«Sì, l'ho saputo qualche giorno fa.»

«Ma... come?»

Lord Denbruck sospirò pesantemente. «Molto tempo fa, ho assunto un amico per sorvegliare tua madre e tuo padre. Mi sentivo in colpa per aver distrutto la mia famiglia e non aver benedetto la loro unione. Ero un uomo orgoglioso, lo sono ancora, ma, come si dice, il tempo guarisce le vecchie ferite e a me importava di più la sua felicità e la sua sicurezza. Ho conosciuto il momento della tua nascita, ho sentito i racconti della tua infanzia, delle tue conquiste... È stato il mio sogno incontrarti. Vorrei solo» la sua voce tornò a farsi roca «che fosse stato in circostanze più felici. Dimmi, come sei arrivata in Inghilterra? Il mio amico Michael credeva che fossi morta. Diceva che un uomo di nome Samir Al-Zahrani aveva aiutato un altro scià a impadronirsi del palazzo e a uccidere quelli che si trovavano all'interno.»

Zehra si fece forza, sapendo che la verità doveva venire a galla. Desiderava solo che ci fosse onestà tra loro.

«I miei genitori si fidavano di Al Zahrani, ma lui ci

ha traditi e mi ha presa come concubina. Sono fuggita, solo per essere rapita da schiavisti e venduta a un bordello inglese.»

George sussultò. «Mio Dio. Zehra, stai bene? Qualcuno ti ha fatto del male?»

«Sì, sto bene» lo rassicurò. «Lawrence Russell è stato il mio salvatore. Era lì, ad aiutare a fermare l'asta, e mi ha comprata per proteggermi. Avevo troppa paura di parlargli di te. Al Zahrani mi stava ancora cercando e l'ho sentito minacciare di uccidere chiunque si fosse messo sulla sua strada.» Esitò e arrossì. «Temevo di mettere in pericolo la tua vita se avessi cercato di trovarti. E...» Ancora una volta, si sforzò di trovare le parole giuste. «Temevo che non avresti voluto avere niente a che fare con me.»

Le lacrime scesero sulle guance del nonno. «Se l'avessi saputo, avrei potuto risparmiarti il dolore del cuore, figlia mia. Quando Michael mi ha detto di aver saputo che saresti venuta a Londra, avevo tutte le intenzioni di trovarti e incontrarti. Voglio avere *tutto* a che fare con te. Mi dispiace solo che tua madre non saprà mai quanto sono felice di averti finalmente trovata. Devi venire a casa con me, stasera.»

«Ma l'uomo che mi ha rapita, Al-Zahrani, è ancora là fuori. Non sarai al sicuro, non finché io sarò con te.»

«Avete detto Al-Zahrani?» Una voce proveniente dall'ingresso agitò Zehra. Avery era in piedi sulla porta e li osservava. Lawrence era dietro di lui e guardava il fratello.

«Ehm... sì» rispose Denbruck. «Mia nipote ha detto che l'ha rapita e che ha minacciato di uccidere chiunque per arrivare a lei.»

«Cosa?» Lawrence si concentrò su Zehra, con gli occhi spalancati. «Perché non me l'hai detto?» Superò il fratello e le si avvicinò, stringendole le mani. Lord Denbruck fissò le loro mani unite con curiosità.

«Perché sapevo che l'avresti cercato» confessò Zehra a Lawrence. «Non potevo permetterti di mettere a rischio la tua vita per me.»

«Ha ragione» intervenne Avery. «Saresti stato così avventato da buttarti a capofitto nel pericolo. Sfidarlo a duello o a qualche dannata sciocchezza.» Guardò Zehra. «Signorina Darzi, dovete sapere che Al-Zahrani non è più a Londra. Sappiamo di quest'uomo e lo stiamo facendo seguire. Anche se non faceva parte dei negrieri che vi hanno portato a Londra, era alla *White House* quella notte. Sospetto che sia stato lui a informare l'ambasciatore su di voi, il che potrebbe spiegare perché ha insistito affinché agissimo con tanta fretta. Ora temo che se avessi seguito i miei ordini, sareste finita di nuovo nelle sue grinfie.»

Zehra si portò la mano alla bocca ma Avery fu rapido nel continuare. «I miei uomini lo hanno rintracciato a Brighton, dove hanno l'ordine di arrestarlo e

rimandarlo a casa. E se opponesse resistenza... beh...»
Avery lasciò la minaccia in sospeso. Guardò suo fratello
Lawrence, che sospirò e gli fece un cenno di
comprensione.

«Ti accompagno alla porta, Avery.» Lawrence
strinse le mani di Zehra. «Torno subito.» Si allontanò per
accompagnare il fratello.

Denbruck sorrise di nuovo. «Vedi? Allora va tutto
bene, bambina. Verrai subito a casa con me. Voglio che
tu riposi, e hai una zia e uno zio che vogliono conoscerti.
E dobbiamo organizzare il tuo debutto in società, naturalmente, quando sarai pronta.»

Il pensiero di tutto ciò le faceva girare la testa.
Voleva andare con il nonno, ma voleva anche restare con
Lawrence.

«Vuoi venire con me?» le chiese, con tono gentile.

Zehra si morse il labbro e annuì. «Ma ti prego,
nonno, devo parlare con Lawrence prima di andare.»

Gli occhi blu del conte si restrinsero. «Prima devo
sapere di più su di lui. Ti ha fatto qualcosa di sgradevole? Di' una parola ed io...»

«No! È stato meraviglioso. Mi ha dato tutto quello di
cui avevo bisogno. È stato coraggioso, forte, dolce e...»
Mille altre parole per descriverlo non le uscirono dalle
labbra. *Amorevole, appassionato, tenero, meraviglioso,
peccaminoso...*

«E ti sei innamorata di lui?» Il nonno ridacchiò.

«Non dovrei essere sorpreso. I ragazzi di Lady Russell sono affascinanti. Sono anche delle maledette canaglie, tutti quanti, ma anche degli ottimi uomini. Ti ha spezzato il cuore?»

«No» rispose Zehra, onestamente. «Io lo amo. E lui ama me.»

Denbruck incrociò le braccia. «Beh, devi capire che tutto questo è molto insolito. A detta di tutti è scandaloso, ma non sarà difficile sistemare le cose, suppongo. Gli permetterò di venire a trovarti quando avrai fatto il tuo debutto. Tra qualche mese, potrà venire con fiori e altre sciocchezze del genere e portarti a cavalcare nel parco o qualsiasi cosa i giovani uomini facciano al giorno d'oggi con le loro signore.»

«Qualche mese?»

«Temo che sia così che si fa. Se ti dichiarassi ora, prima ancora di essere introdotta in società, temo che le cose potrebbero diventare molto difficili per entrambi. Pettegolezzi e dicerie danneggerebbero il nome di entrambi. Qualche mese non fermerà l'amore, se è quello che provate entrambi. Ora andiamo a casa. Parleremo prima con il ragazzo e poi sarà il momento di conoscerci. Mi sono perso troppi anni della tua vita. Non voglio perdere altro tempo.»

Zehra si asciugò una lacrima mentre lasciavano la sala da ballo per andare a cercare Lawrence.

Lawrence camminava nel corridoio. Lui e Avery avevano avuto qualche minuto di conversazione tranquilla ed entrambi si erano scusati. Aveva abbracciato il fratello e lo aveva mandato a casa, ma non era tornato nella sala da ballo. Voleva lasciare a Zehra un po' di tempo con suo nonno. Tutte le persone che avevano interrotto le attività di quella sera si erano allontanate gentilmente, lasciandolo solo ad aspettare. Finalmente Zehra e il nonno uscirono dalla sala da ballo. Lawrence fece un cenno rispettoso a Denbruck.

«Mio signore.»

«Signor Russell.» Denbruck annuì. «Mia nipote mi ha parlato di voi e della natura del vostro aiuto. Non posso esprimere la mia profonda gratitudine per il fatto che voi foste lì quella notte a prestarle soccorso.»

«È stato un privilegio, mio signore.» Lawrence incontrò lo sguardo dell'uomo. «E con il vostro permesso...»

«Cielo, ragazzo, abbiamo abbastanza tempo per questo. Possiamo parlarne domani, se volete, ma vi do la mia benedizione, naturalmente dopo aver fatto le dovute eccezioni.» Sorrise, tristemente. «La porterete via prima ancora che io possa conoscerla.» Si chinò a baciare la guancia di Zehra. «Ti aspetterò fuori. Quando Sua Grazia mi ha invitato qui stasera, sinceramente non ero dell'umore giusto per ballare, così ho lasciato la mia carrozza ad aspettarmi, nel caso avessi avuto bisogno di andarmene velocemente. Intendo farne uso.» Ridacchiò e diede un buffetto a Zehra sotto il mento, come se fosse una bambina di dieci anni e non una donna di venti.

Una volta uscito, Lawrence trascinò Zehra tra le sue braccia, stringendola con una ferocia che sorprese anche lui.

«Signore, pensavo di perderti.» Il terrore che aveva provato quando Avery aveva cercato di portarla via non aveva mai provato nulla di simile in vita sua. In quel momento aveva capito che l'avrebbe sposata e che le avrebbe dato tutto quello che poteva per renderla felice, anche a costo di sfidare il suo Paese.

«Lawrence, non sei obbligato a fare la cosa più onorevole» disse Zehra con un tono tremante che gli trafisse il cuore.

«Nessuno mi ha mai costretto a fare qualcosa di onorevole» rispose Lawrence. «Sono una canaglia, tesoro. Quando faccio qualcosa, è perché lo voglio. E ho deciso che voglio la mia principessa persiana nel mio letto, nella mia vita e nel mio cuore. Me lo negheresti?» Le arricciò le dita sotto il mento e le inclinò la testa all'indietro, in modo da poterle guardare gli occhi azzurri.

«Finché mi amerai, allora no, non ti negherò nulla.»

«Bene. Perché troverò il modo di convincerti a innamorarti di me.»

Zehra inclinò la testa, con un'espressione delusa. «Temo che sarà del tutto impossibile, mio signore.»

Lawrence era perplesso. «Oh? E perché?»

«Non si può convincere qualcuno di qualcosa, se sa già che è vero.» Sul volto di Zehra comparve un'espressione ritrosa. «Ma forse farò *finta* di aver bisogno di essere sedotta. Mi piacerebbe sperimentare la tua idea di convincermi.»

«Mi assicurerò di farlo, una volta che sarò riuscito a farti stare da sola.» Lawrence premette le labbra su quelle di lei in un bacio lento e dolce, assaporando la sensazione di lei tra le sue braccia. Ma doveva lasciarla andare, almeno per il momento. Non molto, eppure troppo a lungo, allo stesso tempo.

«Mi penserai?» le chiese, sfoggiando un sorriso. Cercò di sembrare sicuro di sé, ma nel suo cuore temeva ancora che lei gli sfuggisse di mano. Questo lo lasciò con un dolore agrodolce nel petto.

«Ti penserò sempre, mia perfida canaglia.» Zehra lo baciò ancora una volta prima di lasciarlo solo nel corridoio. Raggiunse il nonno fuori, portando con sé il cuore del giovane.

Epilogo

Lawrence si trovava in fondo all'affollata sala delle assemblee e guardava la donna più bella del mondo scendere i gradini che conducevano alla pista da ballo principale. Non c'era dolore nei suoi occhi, non c'era traccia del dolore che aveva patito. L'uomo che le aveva dato la caccia a Londra, Al-Zahrani, era in fondo all'oceano dopo una battaglia navale con la flotta di Ashton Lennox. Zehra era al sicuro. Ora e per sempre.

«Signorina Darzi!» Il suo nome fu annunciato dal maestro di cerimonie e la folla scoppiò in un applauso.

«Ma ci credi? La nipote di Denbruck?» mormorò una signora a un'amica. «È una principessa, lo sai!»

«Infatti. Si dice che sia una principessa persiana»

rispose l'altra donna. «Una vera bellezza esotica. Nessuna debuttante di questa stagione avrà alcuna possibilità di competere con lei. Grazie al cielo mia figlia è già sposata.»

«Ho sentito dire che è stata venduta come schiava, ma è stata salvata da un gentiluomo qui in Inghilterra!» sussurrò scandalizzata la prima donna. Lawrence si tese, aspettandosi di sentirle condannare.

L'amica rabbrividì. «Oh, Helen, temo che tu abbia letto troppi di quei terribili romanzi.»

Un'altra donna si aggiunse. «Infatti. Se fosse vero, non ho dubbi che Lady Society avrebbe scritto qualcosa sulla *Quizzing Glass Gazette*.»

«Ma non sarebbe eccitante se fosse vero?» chiese Helen.

«Oh, suppongo che l'idea sia un po' romantica, ma non dovremmo dare credito a queste storie. Non ti fa certo bene, te lo dico io. Ho sentito che ieri il re in persona l'ha incontrata per il tè ed è rimasto completamente affascinato. Tutti gli scapoli d'Inghilterra si contenderanno la sua mano.»

Helen sorrise dietro il suo ventaglio. «Perderanno tempo. Conosco una donna che ieri era a Bond Street e ha visto la signorina Darzi comprare il più bell'abito da sposa.»

«Cosa?» chiesero le altre.

«Qualcuno le ha già fatto la proposta, ne sono certa. Mi chiedo chi sia il fortunato.»

«Altri voli di fantasia, ne sono certa. Ti giuro, Helen, che quei romanzi saranno la tua rovina.»

Lawrence sorrise tra sé e sé. Camminò, avvicinandosi a Zehra, osservando tutti gli uomini contendersi l'attenzione della giovane. Lei se ne stava lì, regale come una regina, e offriva loro sorrisi dolci e educati. Ma quando lui le si fermò di fronte e le rivolse un inchino di cortesia, il suo volto arrossì e la folla si agitò in un sussurro.

«Il primo ballo è mio, vero?» Lawrence indicò il biglietto, dove il suo nome era stato scritto giorni prima.

«Credo che tu abbia cercato di farli *tutti* tuoi.» Zehra gli si avvicinò, con gli occhi solo su di lui.

«Certo. È l'unico modo per evitare che tu scopra quanto io sia davvero un ballerino deludente.»

Zehra rise. «Sciocchezze.»

«Vuoi davvero sposarmi?» le chiese Lawrence mentre si preparavano a ballare.

Gli occhi blu di Zehra ardevano. «Pensi che non lo farò?»

«Ora a Londra potrai scegliere qualsiasi uomo. Uomini con soldi, con titoli. Uomini decisamente migliori di me.» Lawrence le strinse la vita con la mano, con il cuore che gli batteva all'impazzata. Era senza dubbio la donna più desiderata di Londra. Persino il re si era invaghito di lei. Doveva sapere che lei lo desiderava davvero e che non si sentiva semplicemente in debito con lui. «Allora, devo saperlo. Perché proprio io?»

«Perché dal primo momento in cui ti ho incontrato, mi hai salvata.»

Il cuore di Lawrence sprofondò. Era come aveva temuto. «Non mi devi nulla, Zehra, lo sai. Ti ho detto una dozzina di volte che non volevo nulla in cambio. Stavo facendo il mio dovere.»

Sembrava che Zehra fosse tentata di ridere. Cominciarono a girare lentamente in tondo per la sala, con gli sguardi della maggior parte dei *presenti* puntati su di loro, ma nessuno era abbastanza vicino da sentire. «Lawrence, stupido, meraviglioso uomo. Non intendo dire che mi hai salvato da quegli altri uomini.»

«Allora cosa intendevi dire?»

«Prima di te, ero senza una stella guida» rispose lei. «Quando mi hai presa tra le tue braccia, quel senso di smarrimento è svanito. Sapevo di volere te e nessun altro, anche se non capivo ancora la profondità di quel desiderio... di quell'amore.» Abbassò un attimo il mento prima di rialzarlo con sfida. «So che gli inglesi non parlano così apertamente dell'amore, ma io sì. Amo ferocemente - amo ferocemente *te*. Non è nella mia natura mettere in discussione il mio cuore o i suoi desideri misteriosi.» Zehra sollevò il mento per guardarlo. «Provi questo sentimento per me?»

Lawrence non riuscì a parlare, non all'inizio, ma alla fine annuì. «Più di ogni altra cosa.»

«È per questo che ti sposo. Ora smetti di pensare tanto, mia canaglia inglese, e balla.»

Lawrence la guardò raggiante, incapace di reprimere la sua gioia. «Questa è una cosa che sono felice di fare.»

Quella sera avrebbero ballato. Il giorno dopo avrebbe annunciato il loro fidanzamento sui giornali. Sebbene l'avesse incontrata nelle circostanze più scandalose, non avrebbe permesso che il loro matrimonio iniziasse sotto una nuvola simile. I musicisti si prepararono per il ballo successivo e le coppie si sparpagliarono sulla pista, ma né lui né Zehra li videro. Erano insieme in un mondo che conteneva solo loro e la musica che si riversava nei loro cuori.

Zehra entrò nella sua stanza nella casa del nonno, con i piedi ancora doloranti per tutti i balli meravigliosi. Ma sentì che qualcosa non andava e si bloccò. Il bagno era stato preparato, ma non ricordava di averlo chiesto. Si addentrò nella stanza e vide dei petali rossi e arancioni galleggiare sull'acqua come una coperta colorata. Li fissò, scioccata, e sobbalzò quando Lawrence uscì da dietro il paravento. Il giovane portò un dito alle labbra per dirle di fare silenzio. Sorridendo, lei gli si avvicinò in punta dei piedi.

«Come sei entrato?»

Lawrence fece un cenno alla finestra, che era ancora aperta.

«In gioventù mio fratello Lucien mi ha insegnato il valore di arrampicarsi sui tralicci.»

«Oh? E questo per facilitare la seduzione delle signorine?» gli chiese.

«In questo caso, una signora in particolare.» Lawrence indicò la vasca. «È bella calda. Ho pensato che dopo stasera ne avresti avuto bisogno per rilassarti.»

«È un'idea meravigliosa. Vuoi unirti a me?» Zehra gli voltò le spalle per permettergli di sbottonarle l'abito.

«Se lo desideri.»

Zehra sorrise. «E se io desiderassi che tu guardassi soltanto?»

Lawrence si chinò a mordicchiarle la spalla nuda. «Allora soffrirò la dolce agonia di stare solo a guardare.»

«Per tua fortuna, allora, non desidero che tu soffra un'agonia.» Zehra lasciò cadere l'abito ai suoi piedi. «Oggi.»

Presto si sdraiarono insieme nella grande vasca. Lei si appoggiò a lui, mentre le loro mani giocavano con i petali. Zehra sollevò un petalo arancione, esaminandone attentamente i colori.

«Dove le hai trovate? Non sono rose inglesi.»

«Quando mi hai parlato delle rose del tuo paese, ho dato la caccia a tutti i fiorai della città per trovare il modo di acquistare delle rose persiane. Ora possiedo diverse piante in una serra nel mio giardino. Presto saranno tue.»

Zehra dovette prendersi un istante per riprendersi. «Hai portato qui parte del mio paese?»

«Per rendere la tua nuova casa il più simile possibile a quella vecchia» rispose lui, accarezzandole il collo.

«Come ho fatto a meritarmi di trovare un uomo come te?» gli chiese Zehra.

«A volte, due persone trovano insieme la loro strada. Il destino ci ha dato la nostra occasione quella sera in cui sono entrato alla *White House*. Pensavo di volerti salvare per rimediare agli errori commessi in passato, ma mi sbagliavo. Non sapevo che saresti stata il dono più grande della mia vita.»

Zehra si girò sulle ginocchia, mettendosi cavalcioni su di lui. I petali colorati si increspavano intorno a loro sulla superficie dell'acqua e il profumo le dava le vertigini nel modo più piacevole.

«E tu, mia perfida canaglia, sei il dono più grande della mia vita. Il mio salvatore, il mio amante, il mio compagno di vita.» Si chinò su di lui, baciandolo con la passione e l'amore che ardevano come una fiamma eterna nel suo cuore, e lui la travolse nel suo abbraccio peccaminoso.

213

GRAZIE MILLE PER AVER LETTO *ABBRACCIO peccaminoso*! **Girate pagina per leggere il primo capitolo di *Il conte di Pembroke*!**

Il Conte di Pembroke

Londra di giorno era una città vivace, con le carrozze che sfrecciavano lungo le strade acciottolate e donne che vendevano fiori in cesti profumati mentre la folla curiosava nei negozi e faceva visita agli amici. Ma al calar delle tenebre, le ombre potevano giocare brutti scherzi agli occhi di chi era abbastanza sciocco da camminare per le strade dopo che il sole era sceso sotto l'orizzonte.

Ed io sono una di quegli sciocchi.

Gillian Beaumont strizzò gli occhi verso il vicolo più vicino, deglutendo a fatica e trattenendo un urlo di paura ogni volta che le sembrava di vedere qualcosa svolazzare come le ali di un pipistrello. La carrozza che aveva preso per il quartiere di Temple Bar si stava già allontanando, lasciandola sola. Le foglie dell'inizio dell'autunno strisciavano sul terreno, aggrovigliandosi alle sue gonne come ragni marroni, facendola sobbalzare. Afferrò l'abito sotto le ginocchia e diede una scrollata al tessuto, cercando di far cadere le foglie secche dal vestito di raso viola scuro. Poi affrontò l'ambiente circostante. Si trovava sulla strada vicino alla Corte Reale di Giustizia e all'ingresso del negozio di tè Twinings.

Attraverso la pesante oscurità riuscì a scorgere l'insegna dorata che recitava *Twinings* e riuscì appena a distinguere i due gentiluomini cinesi scolpiti nella pietra sopra l'insegna. I loro volti sembravano feroci nell'ombra e Gillian distolse lo sguardo, rivolgendo l'attenzione all'alta forma nera della statua del grifone, che ora sembrava più un drago perché le ombre giocavano brutti scherzi ai suoi occhi.

In quel momento avrebbe voluto essere di nuovo nel suo letto caldo. Addormentata, sognando un uomo in particolare e i baci rubati che avevano condiviso e che continuavano ad affacciarsi nella sua coscienza.

James Fordyce. Il conte di Pembroke era un gentiluomo affascinante con un cuore d'oro e gli occhi marroni più caldi che avesse mai visto. Poteva ancora sentire le sue mani infilarsi tra le ciocche dei suoi capelli scuri mentre lui la baciava nell'angolo di una libreria e le sussurrava poesie. Era tutto ciò che aveva sognato ma che non aveva mai potuto avere. Era una serva e non poteva essere altro che questo. Una fitta al petto le fece prendere fiato, ma raddrizzò le spalle, scrollando il dolore, come era stata addestrata a fare per molti anni.

Per quanto sognare James fosse pericoloso per il suo equilibrio, era molto più sicuro di ciò che era impegnata a fare al momento: dare la caccia alla sua selvaggia e testarda padrona, Audrey Sheridan.

Quella sera Audrey stava cercando di smascherare un gruppo di furfanti che appartenevano a un club di fuoco infernale conosciuto come i Peccatori Empi dell'Inferno. Un nome orribile per un gruppo terribile di gentiluomini. Come cameriera di una signora, i compiti di Gillian avrebbero dovuto limitarsi a vestire Audrey, prepararla per la giornata e trovare nuovi modi per acconciarle i capelli. *Non* avrebbe dovuto aggirarsi per lo Strand dopo il tramonto con una mezza maschera da domino e un abito da sera viola scuro con un corpetto incredibilmente scollato, alla ricerca di un gruppo di uomini pericolosi che si diceva seducessero le vergini e facessero sacrifici al diavolo.

«Cielo, Audrey, in che cosa ti sei ficcata?» mormorò Gillian tra sé e sé. Esaminò frettolosamente gli indirizzi degli edifici vicini, ricordando la posizione da una lettera che Audrey le aveva mostrato la mattina e che conteneva le indicazioni per il club.

La lettera diceva che il club si trovava all'interno di

un edificio alto e bianco a due porte di distanza dal negozio di tè Twinings. Il battente della porta rappresentava il volto di un gargoyle di ferro che sogghignava a tutti i visitatori. Una volta raggiunta la struttura piuttosto insignificante che si supponeva ospitasse un covo di adoratori del diavolo, Gillian studiò la porta. Il suo cuore ebbe un sussulto, mentre i nervi minacciavano di bloccarla.

Non aveva altra scelta che entrare. Audrey, la sua padrona ribelle, era anche sua amica e quella sera aveva promesso a Gillian che non sarebbe andata in quel posto. Tuttavia, quando Gillian si era svegliata e si era accorta che Audrey era scomparsa, sapeva dove era andata.

Mi ha mentito. Senza dubbio per la stupida idea di proteggermi, ma non è così.

Gillian si sarebbe lanciata nelle fiamme dell'inferno per proteggere la sua padrona. Avevano la stessa età, solo diciannove anni, e in un'altra vita avrebbero potuto essere amiche intime, incontrarsi per il tè da Gunter o andare insieme ai balli.

In un'altra vita... Se fosse nata erede del patrimonio del padre defunto invece che figlia dell'amante di un conte.

Il suo fratellastro, Adam, ora era il Conte di Morrey e la sua sorellastra, Caroline, non sapeva nemmeno della sua esistenza. Il defunto Conte di Morrey era stato attento a mantenere la sua amante di lunga data, la madre di Gillian, ben sistemata in una casa a Mayfair e si era persino occupato dell'istruzione di Gillian, ma anche con questi aiuti il suo futuro aveva avuto opzioni limitate.

Gillian sollevò una mano guantata verso il gargoyle e batté due volte sul battente. Il fiato le si fermò nei polmoni e aspettò, con il corpo che tremava al pensiero della natura degli uomini all'interno. Quando finalmente la porta si aprì, un maggiordomo dal volto truce la squadrò dalla testa ai piedi, prima che le sue labbra si arricciassero in un sorriso crudele.

«Un po' in ritardo, ma non importa. Stasera hanno molta energia per occuparsi di *tutte* le signore.» Le fece cenno di entrare. Gillian esitò prima di fare un timido passo avanti. Le si accapponò la pelle quando il maggiordomo si avvicinò troppo e chiuse la porta. Cercò di non pensare a ciò che il suo saluto le suggeriva.

«Da questa parte.» Il maggiordomo la condusse lungo il corridoio fino a una camera e aprì una porta per farla entrare. Il salotto, se così si poteva chiamare, era decorato in modo stravagante con mobili di broccato scuro e pareti di raso rosso. Quegli uomini ambigui stavano cercando certamente di creare un'atmosfera peccaminosa e seducente, ma più che di buon gusto, sembrava grossolana. Eppure erano chiaramente pronti ad accogliere gli ospiti. Il fuoco era acceso e sul tavolo c'era un vassoio per il tè.

«Appena fatto» le assicurò il maggiordomo. «Si serva pure. Quando saranno pronti, sarete convocata.»

Gillian ringraziò e si sistemò sul divano. Si avvicinò di nuovo per assicurarsi che la maschera del domino non fosse scivolata. Era ancora ben fissata sui suoi lineamenti.

Dov'era Audrey?

Se n'era andata mezz'ora prima che Gillian si svegliasse, secondo gli altri domestici di casa Sheridan. Aveva cercato la scorta protettiva di Charles Humphrey come aveva detto di voler fare? Gillian sperava vivamente di sì. Altrimenti, Audrey si stava mettendo in grave pericolo. Il conte di Lonsdale era un gentiluomo estremamente affidabile, ma aveva una reputazione malvagia che gli avrebbe permesso di entrare in quel club.

All'inizio della giornata Gillian e Audrey erano state avvertite da un uomo di loro conoscenza di non recarsi in quel club. Uno dei suoi membri, Gerald Langley, aveva giurato vendetta su Audrey, o meglio, su Lady Society, l'identità anonima di Audrey come scrittrice di una rubrica. Audrey aveva distrutto la reputazione di quell'uomo. Le sue osservazioni nella rubrica di Lady Society erano state accurate e oneste, ma l'atteggiamento ostile di tutto il *ton* nei confronti di Langley lo aveva reso desideroso di vendetta.

Per fortuna non sapeva che Audrey fosse Lady Society; quella almeno era una piccola benedizione. Ma Audrey e Gillian erano state avvertite che Langley avrebbe attirato Lady Society nella sua tana del diavolo con la minaccia, tra l'altro, di disintossicare le vergini contro la loro volontà, e Audrey non era il tipo di donna che si tirava indietro di fronte a una sfida. Ma avevano un piano, elaborato insieme quella mattina. Avrebbero contattato alcune donne di quello stupido club e avrebbe preso il loro posto in cambio di un adeguato compenso. Tuttavia, dopo le avventure della giornata e i pericoli che Gillian aveva affrontato quando un uomo l'aveva aggredita, un uomo che lei sospettava fosse in combutta con Gerald Langley, Audrey aveva promesso di abbandonare il piano di andare al club quella sera. Eppure, quando Gillian si era svegliata, aveva scoperto che la sua padrona era scomparsa. Audrey aveva contattato una di quelle donne? Sicuramente sì.

Gillian si alzò e si mise a camminare per la stanza, con la preoccupazione che le cresceva alla bocca dello stomaco. Non le piaceva stare da sola e ancor meno le piaceva non sapere dove fosse Audrey. Avrebbero dovuto essere lì insieme, ad affrontare fianco a fianco i pericoli di quel club. Si morse il labbro nervosamente e dopo un attimo decise di bere una tazza di tè. Preparò in fretta una tazza e la bevve, sperando di calmare i nervi. Poi la posò, odiando il sapore amaro e desiderando che ci fosse lo zucchero, ma non c'era nemmeno una brocca di latte. Solo i veri diavoli avrebbero servito il tè senza avere accesso al latte e allo zucchero.

Gillian non riusciva a ignorare il calore soffocante del fuoco. La casa intorno a lei era silenziosa, tranne che per un'occasionale risata maschile proveniente da un'altra stanza. Ogni volta che sentiva quel suono si irrigidiva.

Una parte della parete si staccò improvvisamente e si rivelò una porta. Ne uscì una figura in calzoni neri, camicia bianca e gilet nero. Indossava una maschera da domino con i delicati contorni di un diavolo dipinti in rosso sul nero.

«Buonasera, mia cara» disse l'uomo tendendole una mano. Le sue lunghe dita erano bianche e stranamente minacciose.

Gillian respirò profondamente. «Io e la mia amica dovevamo essere qui insieme. Indosserà un vestito rosso. È già arrivata?»

«Ah...» Le labbra dell'uomo si contrassero. «La signora con il vestito rosso. È qui che vi aspetta.» La maschera non riusciva a nascondere la crudeltà degli occhi dell'uomo e la giovane rabbrividì.

«Mi aspetta?» Gillian avrebbe voluto avere anche solo un piccolo sentore di ciò che stava per accadere, ma non lo aveva. Si stava buttando a capofitto in quel mondo oscuro e pericoloso.

L'uomo arricciò le dita della mano ancora aperta, facendole un cenno. «Sì, stiamo per iniziare il banchetto.»

Gillian si avvicinò all'uomo, che si abbassò e le prese una delle mani guantate, e gli permise di condurla nell'oscurità.

James Fordyce, conte di Pembroke, fissava i tavoli da gioco nel ritrovo privato di quello che Londra sapeva esistere solo nelle voci. Il *Wicked Earls' Club* . I membri potevano essere identificati da una piccola spilla d'argento appuntata alla cravatta. Un tempo era un gruppo di uomini importanti e potenti che si riunivano in segreto per stringere accordi e ottenere favori, ma il loro scopo si era dissolto prendendo una piega più dissoluta. Non era un luogo di malevolenza o di malvagità, ma mentre James scrutava gli uomini che lo circondavano, con gli occhi puntati sulle carte che giravano, le bottiglie che abbondavano sui tavoli e le donne occasionali abbandonate sulle braccia degli uomini, con i seni scoperti per compiacere gli occhi di ogni uomo nella stanza, aleggiava un certo tipo di oscurità. L'oscurità che deriva dalle anime perdute e spezzate.

Anime come la mia.

Una figura scura si profilò in fondo alla stanza e James la riconobbe: era il capo del loro club, il conte di Coventry che rivolse a James un lieve cenno silenzioso di saluto. James ricambiò e riprese a ispezionare la stanza. I ranghi del club si erano assottigliati negli ultimi anni e sorrise al pensiero che molti dei suoi amici si erano sistemati con delle mogli. Il matrimonio con buone donne era un modo per tenere lontani gli uomini da club come quelli.

«Coventry sembra soddisfatto di sé» mormorò qualcuno accanto a James. Alla sua sinistra vide il suo amico Pierce Chamberlain, il conte di Wainthorpe .

«Wainthorpe, non mi aspettavo di vederti stasera. Pensavo che fossi tra i fortunati che si crogiolano nella beatitudine coniugale,»

Wainthorpe fece un sorriso. «Accetterò la beatitudine, ma se oserai dire una parola a qualcuno...»

James ridacchiò alla reazione dell'amico. Wainthorpe si comportava in modo rude, ma era uno degli uomini dal cuore più tenero che lui avesse mai conosciuto.

«Il tuo segreto è al sicuro con me» promise James. «Che cosa volevi dire a proposito di Coventry?»

Wainthorpe incrociò le braccia e aggrottò le sopracciglia. «Ogni volta che uno di noi viene incatenato al letto coniugale, inizia a sorridere da un orecchio all'altro come se avesse avuto un ruolo nel nostro matrimonio o ne stesse in qualche modo approfittando. Dannatamente strano.»

Per un momento nessuno dei due parlò. «Che cosa ti porta qui stasera, Pembroke?»

«Cerco di affogare i miei dispiaceri» rispose James sardonicamente, ma l'amarezza si aggrappava alle sue parole perché erano vere. Quel giorno aveva conosciuto una donna meravigliosa e poi l'aveva *persa*. Gillian Beaumont era per lui un vero e proprio mistero e temeva di non rivederla mai più.

«Oh Signore, vieni a bere qualcosa con me e raccontami tutto. Come uomo sposato, posso offrire solidi consigli sul gentil sesso. Ma nessuno di essi varrà mezzo penny.»

La presa in giro di Wainthorpe fece sorridere di nuovo James. Presero due sedie a un tavolo abbastanza lontano dagli uomini che giocavano a carte da poter parlare senza essere distratti dai giochi. Su un vassoio d'argento c'era una bottiglia di scotch con diversi bicchieri e Wainthorpe ne versò a entrambi una discreta quantità. Fecero tintinnare i bicchieri, brindando, e ne bevvero un sorso.

«Allora sentiamo i tuoi dolori.»

James sospirò. «Oggi ho incontrato una donna in un negozio di modisteria. Ero con mia sorella Letty e abbiamo fatto la conoscenza della signorina Gillian

Beaumont. La conosci?» Aveva passato la serata a chiedere a tutti i suoi conoscenti se quel nome fosse loro familiare, e fino a quel momento nessuno gli aveva dato una risposta positiva.

«Beaumont?» Wainthorpe pronunciò il nome, assaporandolo. «Conoscevo un uomo di nome Beaumont, il Conte di Morrey. Suo figlio, Adam, ora porta il titolo. Un tipo rispettabile. Sua sorella è piuttosto bella, ma si chiama Caroline. Non Gillian.»

«Una lontana cugina, forse?» chiese James ad alta voce.

«Forse.» Wainthorpe si versò un altro bicchiere. «Potrei rivolgermi alle mie cugine. Sono piuttosto brave a rintracciare le signore.»

James sbuffò. «Che Dio salvi chiunque cerchi di nascondersi dalle tue formidabili ma adorabili cugine.» James si affrettò ad aggiungere l'ultima parte per non turbare l'amico.

«Quindi quella donna ti ha stregato?»

«Sì.» *Stregato* era la parola giusta. Dopo averle rubato qualche bacio in una libreria, poteva ancora sentire le labbra di lei contro le sue come una presenza fantasma, e il suo sapore dolce lo perseguitava ancora. Se averla trovata fosse stata solo una questione di curiosità guidata dalla lussuria, sarebbe stata una cosa, ma aveva la terribile sensazione che lei fosse in grave pericolo. E non poteva sopportare quel pensiero, non se era in suo potere proteggerla.

Quella sera l'aveva accompagnata a casa dopo che aveva ricevuto una lettera da Gunter. Quando l'aveva fatta scendere dalla carrozza, era stata aggredita da un uomo ed era svenuta, e la lettera che aveva ricevuto era stata rubata. Quando James l'aveva incalzata per avere i dettagli, lei si era rifiutata di condividere qualcosa con lui. Non aveva avuto altra scelta che accompagnarla alla casa di un amico, il visconte Sheridan, e poi era sparita. Aveva deciso che il giorno seguente si sarebbe recato da Cedric Sheridan per chiedergli chi fosse la sua ospite misteriosa e perché potesse essere in pericolo.

«Beh, puoi iniziare la tua ricerca domani, eh? Non vorrai essere in giro per le strade stasera. Gerald Langley, quello della rubrica Lady Society, si riunisce con il suo club. A volte quel gruppo diventa un po' indisciplinato e scende in strada. Chiunque si trovi sulla loro strada può trovarsi in pericolo. Qualche mese fa hanno quasi ucciso un uomo. Erano pronti a gettarlo nel Tamigi finché non sono arrivati i Bow Street Runners.»

«Cosa? È terribile!» James ricordava di aver letto qualcosa su quel Langley. Quell'uomo aveva fatto una scommessa con... A James si gelò il sangue nelle vene. Langley aveva fatto una grossa scommessa con chiunque fosse riuscito a sedurre una signora di nome Alexandra Rockford.

L'amico di James, Ambrose Worthing, aveva accettato la scommessa, ma solo per risparmiare la signora, e in seguito aveva confessato il suo coinvolgimento nella rubrica Lady Society. Quella rubrica aveva danneggiato irrimediabilmente il nome di Langley. Langley aveva diffuso in città la voce che non solo avrebbe smascherato Lady Society, ma le avrebbe anche fatto del male.

E poco prima Ambrose Worthing aveva consegnato a Gillian un biglietto per il quale era stata aggredita. *Sicuramente... non può essere Lady Society?*

«Dove si riunisce il club di Langley?» chiese James, pregando che Wainthorpe lo sapesse.

«Sullo Strand, o almeno così ho sentito dire. Brutti diavoli. A Langley piace attirare le vergini agli incontri con la promessa di trovare mariti facoltosi, e beh, sai...» Wainthorpe non finì, ma il suo cipiglio scuro disse a James tutto ciò che doveva sapere.

James balzò dalla sedia. «Devo andare. Grazie per lo scotch.»

«Dove stai andando?» Wainthorpe era in piedi con lui, con la preoccupazione che gli increspava le sopracciglia.

«A fermare Langley. Ho il sospetto che la mia misteriosa signorina Beaumont possa essere Lady Society.»

«Cosa?» Wainthorpe rimase a bocca aperta. «Hai bisogno che venga con te?»

«No, vai a casa da Bianca. Dio solo sa che confusione ci sarà stasera. Non voglio mettere a rischio la tua reputazione, e sospetto che portare altri potrebbe mettermi in pericolo.» James gli sorrise.

«Avvisami se hai bisogno di me» disse Wainthorpe mentre James lasciava il locale.

James chiamò una carrozza, scendendo di corsa i gradini del club e dicendo all'autista di portarlo allo Strand. Pregava solo di non arrivare troppo tardi.

L'autore

Autrice di bestseller per *USA Today*, Lauren Smith è un avvocato dell'Oklahoma di giorno, autrice di sera, che scrive storie romantiche piene di avventura e di tensione alla luce della torcia del suo cellulare. Ha capito di essere destinata a scrivere storie d'amore quando ha cercato di riscrivere l'intero film *Titanic* solo per salvare Jack. La sua passione è legare con i lettori scrivendo storie commoventi, realistiche e sexy, non importa l'epoca. Ha vinto una serie di premi in diversi sottogeneri, compresi: New England Reader's Choice Awards, Greater Detroit BookSeller's Best Awards, e un premio come semifinalista al Mary Wollstonecraft Shelley Award. Nel 2018 è stata finalista del Romance Writers of America Contest.

Per connettervi con Lauren, visitate il suo sito: www.laurensmithbooks.com